유계영

1985년 인천에서 태어났다.
시집으로 『온갖 것들의 낮』
『이제는 순수를 말할 수 있을 것 같다』
『이런 얘기는 좀 어지러운가』
『지금부터는 나의 입장』이 있다.

디자인 이지선

꼭대기의 수줍음

꼭대기의 수줍음

유계영
에세이

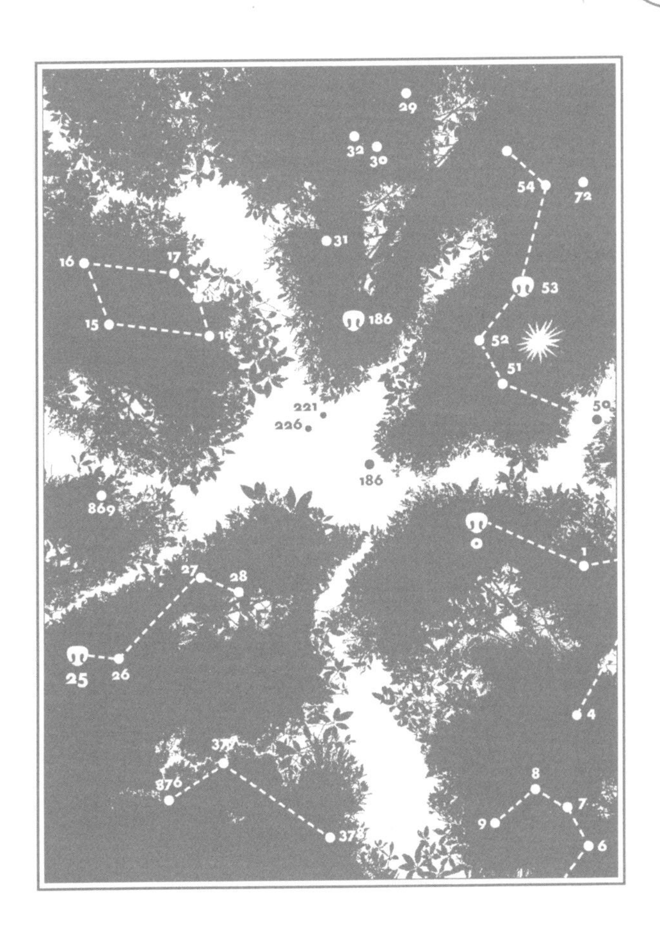

민음사

차례

2부

나는 미래에 대한 밑그림을 그리지 않지

3부

물결치는 너의 얼굴 보고 싶다

4부

나무의 잠이 궁금하다

5부

천진난만하게 투명을 떠다니는 빛

[일러두기]

• 2부, 4부에 수록된 시는 유계영 시인의 작품으로 출처는 작품 말미에 표기했습니다.

서문

오늘 오전, 비둘기 세 마리가 맞은편 지붕 위에 앉아 꼼짝도 하지 않았다. 나는 충격에 휩싸인 채 10분 정도 지켜보았다. 처음에는 살아 있는 무엇일 거라곤 생각하지 못했다. 그저 기와를 장식하기 위한 조형물인 줄 알았다. 폭우가 쏟아지고 있었기 때문이다.

비가 올 땐 이 많은 새들이 다 어디로 가지?

콧속이 얼어붙는 겨울밤에는 그 많은 고양이가 다 어디에 숨지?

늘 그런 게 궁금했다. 늘 그런 것만 궁금했다.

나에게 무엇보다 '보는 일'이 중요한 이유. 보이는 것에는 보이지 않는 것이 함께하기 때문이다. 보이는 것은 보이지 않는 것을 상상하게 하기 때문이다. 세상에는 참 많은 처마가 있겠구나. 새들이 젖지 않도록 비를 막아 주어야 하니까. 같은 식의 부드러운 믿음을 가져 보려고 해도…… 세계는 이토록 불친절한 방식으로 나를 일깨운다. 비가 오면 비가 그칠 때까지 빗속에서 비를 맞는 새들을 눈앞에 데려다 놓는다. 꼼짝없이 온몸으로 겪어야 하는 일들을 보여 준다. 악천후를 피해 나름대로의 안전을 도모하며 차악의 은신처를 찾아 나서는 것. 그것만이 자연의 방식은 아니다.

어느 날 우리의 창밖이 무척 온화한 햇살로 반짝이고 있어 아름답다 느낀다면, 우리가 보이는 것 이상을 보고 있다는 뜻이다.

이 책의 산문들 중 가장 오래된 원고는 서른 살에 쓴 것이다. 나는 문장의 아름다움을 믿는 사람이었다. 오직 언어만으로 도달할 수 있는 아름다운 경지가 있다고 생각했다. 산문은 좀 편안하게 써도 된다고 다독이는 마음들이 있었고, 고마워 귀담아 들으면서도 속으로는 대꾸했다.

이렇게 밖에 말할 줄 몰라. 산책하듯 뒷짐 지고 어슬렁어슬렁 사유하기, 그런 거 어떻게 하는지 몰라. 핀셋을 들고 책상 앞에 앉아 밤을 새울 때, 언어는 나를 쩔쩔매게 했지만 그게 참 좋았다. 이런 삶이 나의 삶인 것이 마음에 들었다.

미문에 대한 야심으로부터 얼마나 떠나왔는지는 알 수 없는 노릇이지만, 지금 나에겐 경계하고 의심하는 태도이다. 재미있는 건 내가 이 원고들을 다시 점검하며 책의 저자에게 똑같은 말을 여러 번 건넸다는 것이다. 좀 편안하게 쓰지 그랬니. 내가 내 마음도 몰라주고 말이다. 때문에 이 책에 실린 몇 편의 에세이는 지금의 기준에서라면 지나치게 경직돼 있고 수사적이다.

고쳐야 한다고 생각하면서 노려보기를 며칠. 그러다 인정하게 되었다. 비가 오면 빗속에서 비를 다 맞던 새들이 마침내 파드닥 날아가게 되는 걸 보면서. 세계가 움직인다는 것과 나 또한 세계의 움직임에 속해 있다는 것.

이토록 간단한 것을 이제야 받아들이게 되었다.

내가 나로부터 얼마간 떨어져 나온 일은 성장도 발전도 아니고 다만 시간의 유희이겠으나, 나의 두 발이 지표면에 푹푹 꽂힌 채로 단지 썩어 갈 뿐 아니라는 사실에 안심하게 되었다. 용기를 내어 본다.

나는 이렇게 말해. 눈을 감고 더듬더듬 사물 위를 기어가면서. 나는 이렇게 사유해. 돌격의 자세로. 세계가 나에게 충격적인 방식으로 육박해 오듯이.

정기현 편집자님께 감사하다. 오직 눈과 심장으로 만난 사람들이 나에게 큰 위로다.

2021년 가을

유계영

1부

밤마다 밤이 이어진다

검은 차창을 바라보는 중국인 꼬마

자정.

잠들기 전에 이런 생각을 한다. 집 안의 불을 다 꺼도 빛이 사라지지 이유는 뭘까. 이 빛은 어디에서 새어나오는 걸까. 눈을 감아도 그렇다. 눈꺼풀을 꽉 닫아도 빛이 완전히 사라지지 않는 것은 왜일까. 이 막무가내의 빛은, 누구의 것이지? 어둠 속에서도 눈이 부셔서 눈을 감는다. 눈을 감고 있는데 눈을 감고 싶다는 생각이 멈추지 않는다. 잠자리의 잠에 대해 들었지. 수만 개의 눈동자가 번갈아서 짧은 잠을 나누어 잔다고 했다. 빛이 사라지지 않는다. 아직 열려 있는 눈꺼풀이 있는 것처럼. 창문이 너무 많아 일일이 닫을 수 없는 집처럼. 잠이 오지 않는다.

오전 8시.

입구에서 주차 관리원이 인사를 건넨다. 반쯤 감고 있던 나머지 눈을 뜬다. 나무들이 줄지어 비껴선 오르막이 느닷없이 펼쳐져 있다. 침대에서 일어난 지 세 시간이 지났지만 그제야 첫 장면을 본다. 집으로부터 40킬로미터 떨어진 곳에서 잠 깨는 일이 반복된다. 의식은 없어도 의지가, 알아서 나를 여기 데려다 놓는다. 느슨하게 풀어진 얼굴을 잡아당겨 웃는다. 내 얼굴에도 근육이라는 게 있다니. 이제부터 가면의 시간. 몸통에 겨우 덜렁덜렁 매달려 있던 팔다리도 제대로 가누어 본다. 몇 시간은, 친절하고 말꼬리가 조심스러운 사람으로 지낼 거다. 사회생활이라는 게 그런 거지.

정오.

노동자들의 시간은 낮과 밤이 아니라 출근과 퇴근으로 나누는 것이 더 정확할 것이다. 점심을 먹기 위해 쏟아져 나온 넥타이들이 순댓국집 앞에서 햇빛에 옷을 턴다. 새들이 땅을 쪼는 것을 보면서 담뱃재를 떨어뜨리지 못하는 몇몇도 있다. 인간의 맛있는 부스러기. 따뜻한 돌멩이. 출처를 알 수 없는 먼지 뭉치. 가득 담는다. 도시의 새들이 위장 속에 모으는 것은 살기 위한 것일까 죽기 위한 것일까. 이런 것도 너무 인간적인 궁금증이다. 오늘은 뭐 먹지? 같은 고민이, 인간 스스로를 특별한 존재라 믿게 만든다. 뭘 먹어도 그만이니까 먹자는 걸 먹기 위해 따라가는 꽁무니가 된다. 곧 식도로 뜨거운 것이 넘어가겠다. 그것이 무엇이든.

오후 3시.

여러 사람 틈에 있을수록 나는 납작해진다. 변기의 용도는 유일할 것 같지만 의외로 쓰임이 다양하지. 자발적이거나 비자발적으로 혼자가 된 사람들이 변기 뚜껑 위에서 도시락을 먹기도 한다던데. 나는 가끔씩 변기에 앉아 우는 사람이다. '잘 알지도 못하면서'의 시간이다. 주먹은 안 깨문다. 나는 숨죽여 울지 않을 것이다. 되도록 소리 내어 울고 싶다. 이 소리를 듣고 누군가는 나를 덜 가혹하게 대할지도 모르니까. 따뜻한 연민으로 봐 줄 수도 있으니까. 살아 있는 덕분에 온갖 대가를 치른다. 먹고 사는 문제가 크다. 나에 대해 잘 알지도 못하면서 저들은 왜 나를 함부로 대할까 생각하다가, 그래서 나는 누굴까 생각하다가, 나도 나를 잘 모르는데 남이 나를 알아야 할 이유는 어디에 있나 싶다. 산다는 것은 사람들을 오해하고 오해하고 또 오해하다가, 신중하게 다시 생각한 뒤에 또 오해하는 것이라던 말이 생각난다. 내가 나인 게 뭐가 그렇게 중요할까. 나는 내가 얼마나 소중하기에 아무것도 참을 수가 없을까. 나를 가리려고 직접 골라 쓴 가면을 물끄러미 본다. 자기 자신의 드라마를 위해 조금도 화를 참지 않는 낭만주의자가 겸연쩍은 얼굴로 거울을 보고 있다. 불을 다 꺼도 어디선가 새어나오던 밤의 불빛들이 화장실 천장을 떠돈다.

오후 6시.

힘을 풀자 손아귀에 꽉 쥐고 있던 스펀지가 제 모양으로 부풀어 오른다. 실제로 그렇다는 게 아니라 영혼 같은 것이 있다면 아마 이런 형상으로 제 모양을 찾는 것이 아닐까, 하는 생각.

오후 8시.

지하철 의자에 중국인 어린이가 신발을 벗고 거꾸로 앉아 있다. 꼬마는 검은 차창을 뚫어져라 바라보는 중이다. 끝없는 어둠의 줄행랑. 그것이 아니라면 차창에 비춘 자기 얼굴. 그런 것을 보고 있을 것이다. 터널이 이어지고 또 이어진다. 어린이는 그것을 부지런히 쫓아간다. 어쩌면 자신의 위치가 지하철인지 터널인지, 그저 유리창 표면에 맺혀 있을 뿐인지, 몽롱한 상태를 즐기고 있을지도 모른다.

이 어린이도 언젠가, 자신이 어둠 속에서 골라낸 장면들을 자기 자신이라고 여기며 살겠지. 하루 종일 거의 말을 하지 않는 과묵한 사람이 스스로의 수다스러움에 질려 쓸데없는 말을 줄이겠다고 다짐하는 일은 자연스럽다. 어린이가 어둠 속에서 마주친 자기 얼굴을 괴물이라 부르는 것처럼. 나만 아는 나를 나라고 불러도 괜찮은가. 하지만 그게 내가 아니라면 누구란 말이지? 미친 사람이 폭포수처럼 말을 쏟아 내며 지나간다. 그것은 거의 말이 끓어 넘치는 지경의 속도다.

다른 날의 오전 10시.

자기소개를 하게 된 자리에서 한 남자는 이렇게 말문을 열었다. 나는 쑥스러움이 많습니다. 나는 대화할 때 사람과 눈을 맞추지 못합니다. 나는 텔레비전을 볼 때 사람의 얼굴이 클로즈업된 장면을 참을 수 없습니다. 남자는 5분간, 자신의 수줍은 성향에 대한 문장들만을 나열했다. 일주일 후 나는 그에게 자신이 골라 온 특정 사진을 묘사하는 글을 써 보라고 요구했다. 그가 고른 사진은 미술관에서 찍은 셀프 카메라였다. 사진 속에 가장 크게 자리 잡은 피사체는 그 자신이었으나 그는 마치 사진 속의 자신은 보이지 않는다는 듯이 글을 써서 제출했다. 그가 줄곧 묘사한 것은 미술관의 조명, 벽의 질감, 건축물의 구조 등이었으며 가장 비중 있게 다룬 것은 너무나 작아서 있는 줄도 몰랐던 이중섭의 그림, 그리고 사진에 있지도 않았던 이중섭이었다. 나는 그가 정말 쑥스러움이 많은 나머지 거짓말에 능해지고만 사람이 아닐까 생각했다.

자정.

밤마다 밤이 이어진다. 다시 찾아온 것이 아니라 그저 이어져 있다. 흩어진 점들을 순서대로 연결하면 토끼나 돼지같이 친숙한 동물의 윤곽이 드러나던 점 잇기를 떠올린다. 흩어진 매순간의 나를 연결하면 불쑥 드러날 윤곽이 어떤 모양일지 궁금하다. 그것을 나라고 불러도 될까. 잠자리의 눈. 수만 개의. 눈을 감은 후에도 눈을 감고 싶다는 생각을 멈출 수 없는 밤들이 이어진다.

너 자신을 잡아당겨 보라, 끊어지기 직전의 고무줄처럼

길은 무한하다. 거기에는 뺄 것도 없고
보탤 것도 없는데 누구나 자기 자신의
어린애 같은 자를 갖다 댄다. 분명히
이 자 길이만큼 너는 더 가야 한다.
명심하여라.[1]

여기 체중 5킬로그램 체고 40센티미터에도 미치지 못하는 작고 나약한 종족이 참으로 위풍당당하게 거리를 활보하고 있다. 그들로 말할 것 같으면 동행자에 대한 배려라곤 눈 씻고 찾아도 없는 것을 기본으로 한다. 태풍이

1 프란츠 카프카, 전영애 옮김, 『집으로 가는 길』(민음사,1992), 17쪽.

불던 장대비가 쏟아지던 간에 제 알 바 아니라는 듯 무조건 저를 데리고 바깥으로 나갈 것을 명령하고, 명령이 통하지 않으면 읍소하고, 읍소가 통하지 않으면 6시까지 꼭 돌아올 테니 문이라도 열어 달라 협상하는 막무가내들이라 하겠다. 하지만 이 난폭한 파쇼를 혼자 내보내기에 도시는 너무나 바퀴가 많은 곳이다. 그것도 무지막지한 속도를 자랑하는 바퀴들. 사방을 예의주시해도 사각지대를 파고드는 얍삽한 바퀴들의 소굴이다.

게다가 이 종족의 디엔에이에는 야생의 독버섯과 치명적인 열매들의 목록은 보관되어 있을지언정 문명의 오물과 구토, 이를테면 그것이 당신이 길에 떨어뜨린 1캐럿짜리 다이아몬드라 할지라도, 그것을 먹어서는 안 된다는 사례 보고가 기록되어 있지 않다. 때문에 오직 자기 자신의 감각적 판단만이 어드벤처 맵의 유일한 기준인 이 순진한 백치들을 눈곱만치도 신용해서는 안 된다.

이제 더 이상의 너스레는 떨지 않을 것이다. 이미 당신은 눈치 챘을 테니까.

이건 개와 산책하는 이야기라는 것을.

동물 훈련사 강은 이렇게 말했다. 개들에게 냄새 맡는

행위는 인간으로 치자면 독서와 똑같습니다. 개들이 충분히 냄새를 맡도록 기다려 주세요. 가슴 줄을 당기며 빨리 가자고 보채는 것은 어린이에게 공부 좀 그만하라고 하는 것과 같습니다. 강의 말대로라면 산책조차 나가지 않겠다는 것은 어린이를 학교에 보내지 않겠다는 것과 같을 것이다. 최소한 학교는 보내야지. 저 자신이 속한 세상이 어떤 곳인지는 알아야 하지 않겠는가. 감염병 위기 경보 심각 단계, 외부 활동 자제 명령이 떨어진 상황에도 내가 매일같이 밖으로 나갈 수밖에 없는 이유다. 개들은 모를 것이다. 바이러스의 위험성을. 바이러스는 냄새가 나지 않으니까. 이해할 때까지 차근차근 설명해 준다면 이렇게 대답할 것이다.

"오! 그거 참 안 됐군, 그래서 언제 나간다고?"

죄 없는 개를 무지몽매 상태로 둘 수 없으므로 나는 거리로 나선다. 명백해진 거리다. 완전히 설득당한 거리다. 코로나 바이러스 이후 재편된 일상은 인간의 인간다운 삶에 무엇이 부가적인 것이고 무엇이 필수적인 것이었는지를 알리는 데 성공했다. 사람들은 타인에게 참견하지 않고 쓸데없는 포옹을 기다리지 않게 되었다. 그럼에도 저기 저 연인들은 마스크를 턱 밑에 걸고 키스하는 것이다. 사람들은 직무 서약의 조건이 아니라면 회식하지 않고 화장하지 않게 되었다. 그럼에도 저 연인들, 평점 높은 수제 버거집의 대기

번호를 받아 놓았으니 오늘 점심식사를 함께할 테지. 여기서
부가적인 것: 지당하신 말씀, 포옹, 회식, 화장.
필수적인 것: 키스, 데이트, 맛.

평일 낮 2시. 편한 차림의 성인들이 어슬렁거리고 있다.
나의 개는 5년 동안 늘 같은 시간에 등교해 왔으므로
나는 이 시간대의 사거리를 눈 감고도 스케치할 수 있다.
따라서 저 트레이닝복 차림의 퀭한 족속들이 이곳에 원래
놓여 있던 자들이 아니라는 것을 즉각 알아보았다. 평소
같았다면 이들은 흡사 견사 같은 칸막이 안에서 컴퓨터
자판을 두들기며 6시만 기다렸을 것이다. 지금이야
슬리퍼나 끌고 다니는 것 같겠지만 이들은 놀랍게도 출근
중이다. 자기 자신에게로. 집 바깥의 재택근무지로. 일감을
짊어지고 카페로 들어선 이들을 새로운 오늘의 동료들이
맞이한다. 직무계약서 상의 갑은 모두 다를지라도 먹고사는
문제에서라면 언제나 을의 위치에서 어깨를 겯는 허기의
동료들. 악수는 생략. 그러므로 밝혀지는
부가적인 것: 유물적인 사무실.
필수적인 것: 정신적인 동료.

악수의 기원에 대해 이런 시구를 읽은 적 있다.

“손에 무기가 없다는 안심을 시키기 위하여/ 인류는 최초로 악수를 발명했대”[2]

옆구리에 찬 칼에 손을 대고 상대를 뚫어지게 응시하며 거리를 좁혀 나갈 때, 고대인의 머릿속에는 다음과 같은 판단이 빠르게 스쳤을 것이다.

상대와 싸워서 승리할 때 얻게 될 것? 목숨, 칼 한 자루.

패배할 때 잃게 될 것? 목숨, 칼 한 자루.

그러므로 싸울 필요 없음.

오른손을 칼에서 떼고 상대에게 내민다. 우리가 치를 전투의 결과 값은 ‘0’입니다. 동의합니까? 동의합니다. 악수. 0의 교환. 빈손과 빈손을 맞잡아 함께 비어 있음을 확인하는 것. 무해무익. 타인과의 밀접한 접촉이 권장되지 않는 코로나 시대라면 간단히 생략 가능한 것이다. 간단하기만 한가? 그럼에도 창밖의 고등학생들은 팔꿈치를 들어 맞대는 동작을 한다. 아니다, 팔꿈치로 상대를 가격하는 시늉을 한다. 이내 미친 것처럼 웃는다. 어깨를 겯고서. 손은 여전히 비어 있으나 서로의 신체가 무기 그 자체가 될 수 있다는 것을 아이들은 벌써 알고 있었던 모양이지. 잘 봐, 내게 이렇게 딱딱하고 위협적인 뼈가 있어. 하지만 너의 코를

2 김소연, 「거짓말」, 『수학자의 아침』(문학과지성사, 2013), 68쪽.

깨뜨리진 않을 거야. 왜냐하면

부가적인 것: 타인, 악수, 과소평가.

필수적인 것: 타인, 악수, 과대평가.

나의 개는 거의 전투적으로 책을 읽고 있다. 이 정도면 독서광이 아닐까 싶다. 안타까운 것은 그가 영혼을 살찌우는 고전 양서에는 통 관심을 갖지 않는다는 것이다. 나무나 돌, 꽃과 풀에는 코를 대자마자 흥미를 잃어버린다. 개는 음식물 쓰레기통이나 전봇대에 휘갈긴 동족의 오줌 자국과 똥에만 몰두한다. 나무나 돌, 꽃과 풀에 다른 개가 싸 놓고 간 똥오줌이 묻어 있을 경우라야만 한 줄 한 줄 밑줄까지 그어 가며 탐독한다. 아무 데서나 먹고 내던진 닭 뼈, 음식물 쓰레기통 밖으로 쫄쫄 흘러내린 김칫국물 같은 것이라면 밤새 읽을 수도 있을 것이다. 불온서적이므로.

나의 개는 리얼리스트다. 그러나 개가 세상의 온갖 불온서적들의 세례를 받는 동안에도 나는 오직 나의 냄새만을 맡는다. 스스로 뱉은 말을 스스로 삼키는 불가능처럼. 나의 코 냄새를 나의 코로, 나의 입 냄새를 나의 입으로…….

다른 날들과 다를 게 없었다. 똥은 학교에서만 마렵다는 나의 개를 위하여 산책을 나선 것까지는. 학교에서만 똥 쌀 수 있는 타입이라면 책 한 장 펴 볼 생각 없더라도 학교에 꼭 가야 한다. 가지 못한다면 그가 우등생이 아니더라도 이틀이면 얼굴이 누렇게 뜰 것이고 안절부절못할 것이며 발을 동동 구르다가 당장 나를 학교에 보내 달라 끙끙 애원할 테니까. 그래야만 동족을 향해 책 한 줄 남길 수 있으니까. 나무에 돌에 꽃에 풀에 집필하러 가야 하니까. 개를 호화롭게 키울 생각도 없거니와 여건도 안 되므로, 먹고 자고 싸는 측면에서만큼은 만족하게 해 주고 싶다. 따라서 나의 개가 하루에 한 번 이상 똥을 싸도록 하는 것은 나에게 꽤 중요한 의미다.

코로나 이전과 이후의 산책은 솔직히 뭐 하나 달라진 게 없을지도 모른다. 나는 오직 개의 똥구멍만 보고 걷기 때문이다. 개가 혼신을 다해 집필할 수 있도록 타이밍을 잘 읽어야 하니까. 개의 똥구멍이 점차 팽팽하게 부풀어 오르고 있다면? 곧 책 한 권이 발간될 징조다. 산책자로서의 나는, 개의 똥구멍과 쾌속하는 바퀴들 말고 다른 것을 살필 수 있는 형편이 아니다.

바로 지금. 개는 가로등 밑에 내다 버린 종량제 봉투의 냄새를 맡다가 돌연 신호가 왔다는 듯 제자리를 빙글빙글 돌았다. 한 바퀴 두 바퀴 세 바퀴……. 그때, 전선에 앉아 있던 새 한 마리가 푸드드 날아올랐다. 개의 팽창한 항문이 일순간 오므라들었다. 그리고 나의 개는 이제 막 서문을 시작하려던 펜을 집어던지고 새가 날아오른 쪽으로 홀린 듯 뛰었다.

개가 뛴다는 것은 나도 뛰어야 한다는 뜻. 어느 순간부터 새는 시야 바깥으로 사라지고 없는데 개는 여전히 뛰었다. 개의 시야에는 새가 보인다는 듯이. 나의 코 냄새를 나의 코로, 나의 입 냄새를 나의 입으로 맡으며 나 역시 보이지 않는 새를 따라 뛰었다.

우리가 도착한 이곳을 산이라고 해도 좋을까? 등산로가 잘 가꾸어진 그런 산은 아니고, 말하자면 나무들의 집성촌이라고 할 수 있을 것 같다. 이런 곳이 동네에 있었다는 것을 믿을 수 없다. 사람이 지나다닐 수 있도록 멍석을 깔아 두지도 계단을 쌓아 놓지도 않은, 그렇게 방치된 산. 경관이 볼품없어서 사람 손을 타지 않은 덕분에 저절로 아름다워진 산. 아무렇게 삐져나온 나뭇가지들을 헤치며 나무 사이를 걷는다. 물론 나의 개가 이끄는 방향으로. 인적이 없으니 마스크를 벗어도 좋겠지. 피톤치드는 다른 말로 식물성 살생 물질. 박테리아, 곰팡이, 해충을 퇴치하기 위해 스스로 뿜어낸다는 나무들의 냄새. 나무의 입장에서라면 박테리아, 곰팡이, 해충과 나는 어디 하나 다를 바 없는 위험 요소일 텐데. 나를 맹렬히 거절하는 냄새인 줄도 모르고 나는 개와 함께 킁킁거린다. 아, 진짜 좋다. 그렇지?

나의 개가 짖자 여기저기서 다른 개들이 짖는다. 나무와 나무 사이에, 또 다른 나무와 나무 사이에, 개들의 코가 반질반질 빛난다. 개들은 자신의 값비싼 액세서리를 자랑하듯이 목줄 끝에 사람을 매달아 두었다. 나와 사람들은 서로를 보자마자 황급히 마스크를 올려 쓴다. 웃을까? 웃었나?

이 장면에서 우리가 발견할 수 있는 검은색은 세 종류. 개들의 코, 사람의 눈동자, 각자 오른손에 하나씩 들고 있는 개똥 비닐봉지.

우리는 나무들에게 배운 대로 주춤주춤 서로에게서 물러난다. 꼭대기의 수줍음[3] 처럼.

3 Crown Shyness. 나무의 꼭대기 가지들이 서로 닿지 않게 간격을 유지하며 자라는 것. 이 틈을 통해 나뭇잎에 가려지는 작은 풀들도 햇빛을 볼 수 있다. 수관기피현상이라 부른다.

밀어 올려도 굴러 떨어지는 거대한 돌

우리의 고통도 훗날, 발가락조차 담가 볼 수 없는 머나먼 저수지가 될 것이다. 이 시간 또한 견고하게 문 닫힐 것이다. 그렇게 생각하면 일시적으로 위로가 된다. 시간이 해결해 준다는 말은 고통보다 예리하지 못하고 어딘가 얄밉기까지 해서 끝까지 동의하고 싶지 않지만 틀린 말은 아니다. 우리를 고통스럽게 하는 것은 닥쳐온 어떤 사실이 아니라, 어떤 사실에 감응하는 우리의 피와 살이기 때문이다.

피와 살의 감정은 영원히 지속되지는 않는다. 시간이 지나면 흰 뼈 같은 사실만이 남는다. 시간이 지나면 감정 또한 사실이 된다. 우리가 절망하고, 울고, 잠 못 이룬 밤이 있었다는 사실. 양초가 줄어드는 동안의 섬세한 빛과 어둠은 표백된다. 아침 식탁에는 말라붙은 촛농에 기대선 토막 초만 남는다. 옛날이야기가 갖는 필연적 신비로움은 여기에 있다.

인간이 되기도 전에 숲에 버려져 늑대와 함께 자란 인간이 있다고 가정해 보자. 그가 산림청 공무원에게 발견되어 인간 세상으로 내던져졌다. 오랜 시간이 지났고 그가 식탁 앞에 앉아 있다. 늑대인간이었던 그가 문명적인 아침식사 앞에서, 인간적인 종교 양식을 따라 식전 기도를 하다가 옛날, 숲속의 어린 시절을 떠올릴 때. 굶주림을 함께 나눈 늑대들과의 식사 시간을 떠올릴 때. 늑대들에게 배운 사냥술을 더듬거리며 근대적인 식기로 밥을 떠먹을 때. 응달의 나무가 태양의 꽁지깃을 따라 휘어지던 느린 시간처럼, 구불구불한 위장을 타고 문명적인 아침식사가 소화될 때. 그때 늑대인간에게 옛날이란 얼마나 아득히 먼 심장인가.

옛날은 죽어 버린 시간이다. 우리가 옛날이야기를 가슴에 묻는 이유일 것이다. 닫힌 시간이기 때문에 계속해서 피어나는 의문들도 해소할 수가 없다. 모르는 것은 모르는 대로 띄어 쓴 채 놔둘 수밖에. 고통을 곁눈질할 때 이보다 편리한 방법을 모르겠다. 모른다는 것은 얼마나 조용하고 안전한 엄폐호인가. 우리는 무지의 구덩이 속에서나 겨우 소박한 일상을 꾸려 나갈 수 있다. 그러나 무지의 구덩이가 얼마나 연약하고 무너지기 쉬운 외벽으로 둘러싸인 구덩이인지조차 모르게 된다.

아는 만큼 보인다고 누군가 그랬다. 많이 알면 좋은 일이 빈번히 생길 것처럼 많이 알아야 한다고 부추겼다. 하지만 이상하다. 아는 만큼 보이는 것은 맞더라도 보이는 만큼 슬픔이 잦았다. 시선 두는 곳마다 슬픈 것이 눈에 띄었다. 나는 이미 가진 것 이외에 슬픔을 보태고 싶지 않으며 아무 때나 울컥거리는 곤란을 겪고 싶지도 않으므로 더는 알고 싶지 않다. 하지만 자꾸 알게 된다. 이런 것들이다.

개와 함께 사는 삶을 선택하자 동물들은 내가 알고 있던 것보다 훨씬 더 다양한 감정을 가졌다는 사실을 알게 됐다. 알게 되자 보였다. 외출할 때마다 이전까지는 몇 번 본 적 없던 버려진 개들이 자꾸 보였다. 음식물 쓰레기통 주변을 서성이는 길고양이들의 듬성듬성 털 빠진 등줄기가 보였다. 밀집 사육장 속에 꼼짝없이 드러누운 돼지들이 보였고 시골집 마당마다 묶여 있는, 번견들의 1미터도 되지 않는 목줄이 보였다. 옛날이야기가 되는 것일까, 이 모든 고통도.

집 앞에 못 보던 봉고차가 며칠째 주차돼 있기에 주시했다. 봉고차는 아침부터 자정까지 같은 자리다. 새벽 시간에는 어디로 이동하는지 사라지고 없지만 아침이면 어김없이 제자리로 돌아왔다. 봉고차의 트렁크 문은 항상 열려 있는데 그 안에 어린 진돗개 세 마리가 갇혀 있다. 플라스틱 울타리의 격자무늬 사이로 개들이 윤기 나는 검은 코를 들이밀었다. 동물 보호 단체에 구조 요청을 해야 할까. 아니다, 키우던 사람에게 피치 못할 사정이 있을 수도 있다. 아니다, 적어도 무슨 사정인지는 들어 봐야겠다. 아니다, 해코지라도 당하면 어떡하나.

마음을 뒤집고 엎기를 반복하는 며칠 사이 봉고차가 아주 사라졌다. 가끔 울타리를 밀치고 나와 골목을 겅중겅중 뛰어다니던 누런 개 세 마리는 이제 없다. 지나가던 사람들이 놀라서 뒷걸음칠 때 저들끼리 신나서 놀던 개들. 어린 개들의 눈빛이 호기심에서 경계심으로 기울어질 거라 생각하면, 말을 더 보태기 싫다.

아는 만큼 보였고, 보이는 만큼 슬픈데, 슬픈 만큼 따라오는 다음이 없다. 누적된 슬픔은 나를 주저앉게 할 뿐이지 지켜 주지 않았다. 말을 보러 가야겠다는 생각이 든 건 순전히 이 봉고차 때문이다. 갇혀 있는 삶을 너무 오래 살펴봤다. 하나같이 슬픈 눈이었다.

처음에는 달리는 말을 보고 싶었던 거다. 그러나 이 땅에서 질주하는 자유를 누리는 말은 거의 없을 것이다. 경주마들도 마찬가지다. 그렇다면 인간이 만든 지옥에서 쉴

새 없이 달려야 하는 말 또한 있을 것이다. 몇 해 전 경주에서 꽃마차 끄는 말이 쓰러졌던 사실이 떠올랐다. 학대로 쓰러진 검은 말이 재작년에 죽었다. 죽은 말과 두 마리의 말들이 더 구조되었다. 구조 이후 다른 삶을 살게 된 말들을 보고 싶었다. 하지만 이런 마음 또한 말들에게 고통이라면, 꽃마차가 사라진 거리라도 직접 보고 싶었다. 아무리 포개도 자양이 되지 않는 슬픔을 좀 덜기 위해서.

하필 비가 왔고 거리에는 꽃마차가 없었지만 비가 오기 때문에 다니지 않는 것인지, 논란 이후로 운행이 폐지된 것인지 알 수 없다. 필요 이상의 비장한 분위기로 간 게 사실이지만 비가 올 줄은 정말 몰랐다. 맥이 풀려 골목을 걷다가 말린 북어 대가리를 물고 달아나는 작은 개가 보여 걸음을 멈췄다. 동네 여자애 두세 명이 뒤를 따라붙었다. 한 아이가 북어 대가리를 뺏으려기에 말 걸었다.

"먹을 때는 그냥 가만두는 게 좋지 않아?"

"괜찮아요."

"아는 개야?"

"앞집 개예요. 나랑 친해요. 얘 때문에 맨날 지각해요."

"왜 지각을 해?"

"놀자고 자꾸 따라오거든요. 얘는 뛸 때 다리가 백 개 천 개 돼요."

우리가 얘기를 나누는 사이 작은 개가 놀리듯이 달아났다. 다리가 백 개 천 개로 늘어났다.

그리스 신화에 등장하는 영웅 시시포스는 신을 속인 대가로 영원히 끝나지 않는 벌을 받는다. 산 밑에 있는 거대한 돌을 산 정상까지 밀어 올리는 벌이다. 이 돌을 겨우겨우 정상에 올려다 놓으면 돌은 어김없이 처음의 자리로 굴러떨어진다. 그러면 다시 처음부터 반복.

이 영원히 끝나지 않는 지옥의 고문은 인간이 만들어 놓은 환경 속 모든 삶들과 너무나 닮았다. 천 개의 다리를 웅크린 채 외발로 살아가는 모든 삶. 옛날이야기 속 인간의 다리도 두 개일 리가 없다. 두 개뿐일 리가 없다.

만일 바다도 산도 대도시도 싫어한다면

목욕탕에 가는 편이 좋겠지.

나에게 여행은 발에 맞지 않는 신발 그 이상이었던 적이 없기 때문에 어느 여행이나 몹시 불편하고 피로했던 기억뿐이다. 그러다 생긴 습관이라면 낯선 곳을 다니게 될 때 그 지역의 목욕탕에 잠깐이라도 들르는 것이다. 어촌의 식탁과 산촌의 상차림은 확연한 차이를 보이지만 목욕탕은 그렇지 않다. 어느 동네나 비슷하다. 턱 밑까지 담그고 물속에 앉아 있으면 내가 다른 곳에 와 있다는 사실을 잊을 수 있다.

그러나 실오라기 하나 걸치지 않은 너무나 동물적인 인간, 너무나 인간적인 동물의 공간을 내가 좋아하기만 할 리 없다. 생면부지이든 막역한 사이든 옷 입고 만나는 편이 훨씬 나으니까. 다만 익숙한 36도 때문에 목욕탕에 간다.

36도. 인간의 체온이자 혈액의 온도. 이름이 좀 우스꽝스럽긴 해도 이벤트 탕의 온도가 딱 그 정도거든. 그러니까 정확히는 마음이 지칠 때 이벤트 탕에 들어가 앉으려고 대중목욕탕에 간다 해도 과장은 아니다. 36도의 물이 이렇게나 가득 출렁이는 장소는 목욕탕이 거의 유일할 것이기 때문에. 엄마 배 속까지 거슬러 올라가지 않아도 된다. 세상에 내던져진 인간에게 36도의 위안이 흔하지 않다는 생각에는 당신도 동의할 것이다.

물속에 앉아 이런 생각을 한다. 인간은 누구나 손에 쪽지를 하나씩 쥐고 있다. 쪽지에는 천국의 번지수가 적혀 있고 저마다 다른 주소다. 각자 평생을 바쳐 그곳을 찾아간다. 그러나 어처구니없게도 마지막 순간, 우리는 같은 곳에 모인다. 알몸으로.

여름에는 시원한 곳을 찾아 손차양을 펼치고 겨울에는 따뜻한 곳을 향해 손바닥을 비비지만 정작 사계절 내내 목욕탕에서 마주친다. 민소매 티셔츠를 벗어던지거나 두툼한 스웨터의 정전기 속을 통과하면서, 몸속을 쉼 없이 흘러 다니는 피가 이끄는 곳에서, 목욕탕에서.

근심이 많은 사람은 최선을 다해 최악을 상상하는 것이 최선의 방어이기 때문에 불안과 친한 편이다. 그들은 검거된 수배자처럼 왼쪽 손목을 늘 근심에 매어 두고 동행하기에 실제로 자신에게 들이닥친 불운 앞에서 화들짝 놀라지 않는다. 내가 그렇다.

어린 시절 슈퍼마켓에서 300원짜리 풍선껌을 훔쳤을 때 들통나는 상상을 300번도 더 했다. 엄마는 좀도둑을 데리고 살 수 없다며 나를 300번도 넘게 쫓아 버렸고 나는 고아가 됐다. 고아원에서는 덩치 큰 또래들에 둘러싸여 얻어맞기를 반복했다. 이런 상상의 주먹에 이리저리 나부대다 딱 죽겠다 싶어서 이틀 만에 자백했지만 나는 쫓겨나지 않았다. 엄마는 나를 끌고 슈퍼마켓 계산대로 갔고 집으로 돌아와 회초리를 맞은 게 전부다.

온몸을 축음기처럼 울려 대던 연애가 끝났을 때에도 그랬다. 나는 그가 사라져 버렸으므로 나도 죽을 거라고 철석같이 믿었다. 그러나 귀갓길 버스 차창에 맺힌 맹한 표정 때문에 두어 번 울컥했을 뿐, 밥도 잘 넘겼고 웃기는 일은 여전히 웃겼다. 통장에 2천 원 남아 있을 때에도 굶어 죽는 상상을 뜯어먹으며 굶어 죽지만은 않았다.

극적인 상상에 비하면 두려움도 슬픔도 가난도 사건이 되지 않았다. 다가오기도 전에 이미 다 써 버린 마음만 상상했다. 그것은 내가 아닌 다른 사람의 죽음 같은 것이다. 나는 그저 상갓집 구석에 앉아 국에 밥을 마는 조문객이었다. 늘 한발 멀리 떨어져서 삶을 구경했다. 그럴 때, 내 발이 도대체 지상에 닿지 않는 것처럼 느껴지기만 할 때, 모두 꿈만 같을 때,

목욕탕에 간다.

입안 가득 돌을 물고 가라앉듯이. 36도의 내 안으로 가라앉아 보려고.

이렇게나 많은 물이 어디론가 흘러가 버리고, 흐른다는 것을 알아차릴 수 없을 만큼 다시 차오른다. 볼록볼록 솟아오르는 물의 표면에 손바닥을 얹어 본다. 이 많은 물, 땀을 흘리지 않고 눈물을 흘리지 않으며 콧물도 흘리지 않는, 이 많은 물속에 앉아 있다. 빼빼 마른 아이들이 물속으로 미끄러진다. 비만한 노인들이 주름 접힌 곳을 펴서 정성껏 닦는다. 이토록 구체적인 시간의 도감을 나는 빠짐없이 나라고 느낀다. 죽은 적도 없이 여러 번 다시 태어나 살고 있는 나라고. 동물적인 인간의, 인간적인 동물의, 목욕탕에서. 당신이 굴린 방향으로 굴러가는 공과 같이.

지난여름의 일기

기분 좋다.

천둥 번개 치고 있다.

커다란 바위를 가득 담은, 훨씬 더 커다란 상자를 한꺼번에 쏟는다면 이런 소리와 빛이 날 것 같다. 쪼개진다. 갈라진다. 무엇도 새로 시작할 수 없다네, 하지만 이전과 똑같은 것 또한 없다네, 하고 알려 준다. 한밤의 천둥소리와 번갯불이 명쾌하게 알려 준다.

이 모든 게 커다란 바윗덩이들이 아니라 공기의 일이라는 것이, 공기가 물성을 드러내는 순간이라는 것이 재미있다. 잠잠해지고 난 뒤에 매미 울음 들린다면 완벽한 마무리다. 한밤중에 깨어 있는 사람들만이 누릴 수 있는 작은 호사.

*

인천 집에 다녀왔다. 엄마와 36년을 함께 살고 독립하게 된 지 고작 4개월 지났을 뿐인데 인천 집에 갈 때마다 생각하는 것. 그동안 내가 엄마의 집에 살고 있던 거구나. 내게도 취향이란 게 생길 무렵 이미 눈치 챘던 사실이긴 하다.

가령, 냉장고에 빈틈없이 붙여 놓은 클레이 점토들을 보면서 느꼈던 기분 말이지. 하나같이 유치하고 촌스러웠지만 떼어 버리라고 할 수 없었다. 엄마의 냉장고니까. 엄마의 취향이니까. 이거 안 예쁘다고 맞서는 쪽보다 냉장고 자석이 전기세를 엄청나게 잡아먹는다고 과장하여 조언하는 쪽이 보기 싫은 사물을 치워 버릴 수 있는 효과적인 방법이라는 걸 알았을 때부터, 나는 '우리 집'이 아니라 '엄마의 집'에 살고 있음을 분명하게 알고 있었다.

이어서 생각하는 것. 여전히 나의 집은 어디에도 없구나. 10년 전이었다면 나에겐 영원히 집이 없겠구나, 생각했겠지만 지금은 그렇지 않다. 아직은 없구나, 이쯤에서 멈출 줄 안다. 부동산에 대한 이야기가 아니다. 취향에 관한 이야기일 뿐이다.

*

안경을 쓰지 않아서 불편했던 적은 거의 없다. 디테일은 상상하고 짐작하는 편이 더 감미롭기 때문이다. 아주 가끔 안경을 안 쓰고 나온 것을 후회하게 되는데, 저기 쪼찌쪼찌 소리 내는 새가 전선에 앉은 두 마리의 새 중 어느 쪽인지 알 수 없기 때문이다. 이런 문제라면 실재를 보는 편이 훨씬 감미롭다. 가능하다면 내가 뚫어지게 시선을 겨누고 있는 저 새들 또한 나를 뚫어지게 바라보고 있는지도 알고 싶다.

*

나는 할머니를 사랑하는 것 같았다. 가정형 문장으로 쓸 수밖에 없는 이유가 있는데, 사랑하는 것이 확실하다면 이렇게까지 할머니에게 무뚝뚝하게 굴 수 있을 리가 없기 때문이다. 최대치의 용기를 그러모아 할머니의 팔을 만져 보았다. 매우 촉촉하고 부드러웠다.

노인의 피부를 나무껍질 따위로 처음 비유한 사람은 틀림없이 제 할머니의 팔을 만져 본 일이 없는 사람이다. 자신의 무심한 표현이 노인에 대한 관습적 인식을 낳게 될 줄은 꿈에도 몰랐겠지. 오늘의 충격은 그 자의 탓 때문이라기보다는 할머니의 팔을 만지자마자 즉시 어떤 사실을 알게 되었다는 데에 있다. 나는 할머니를 사랑한다. 살의 촉감이 축축하고 흐물거린다고 느낀 것이 아니라 아, 촉촉해! 아, 정말 부드러워! 하고 마음속에서 곧바로 언어화되는 것을 경험했기 때문이다. 할머니의 검진 결과가 좋아야만 한다. 작은 발을 쭉 뻗어 내게 내밀고는,

손녀 집에 놀러가려고 양말 신었지.

수줍게 웃는 나의 할머니.

*

소의 매력은 무궁무진하지만 그중 제일은 자신의 혀를 콧구멍 속으로 집어넣는 유머감각이다. 이 사실을 떠올리면 자못 유쾌해진다. 승강장에서 지하철을 기다리다가 한 남자가 자신의 콧구멍 속에 손가락을 넣고 중요한 무언가를 찾으려는 듯 한참 뒤적거리는 장면을 봤다.

소라면 그렇게 오랫동안 헤매지 않았을 텐데. 인간의 무능을 확인할 때 가장 즐겁다.

*

사랑하는 것으로부터 해방되고 싶다는 열렬한 마음이 들지 않는다면 사랑이 아니겠지!

*

비빔국수를 만들려고 소면을 꺼내다가 몇 가닥 부러뜨렸다. 소면 부러질 때의 감각 때문에 외삼촌 생각이 났다. 내가 어릴 때 우리 집에 함께 살던 엄마의 막냇동생. 해군이었던 외삼촌의 책상 위에는 나무로 만든 모형 범선이 있었다.

나는 외삼촌 몰래 선수부터 선미까지의 곡선을 손끝으로 쓰다듬는 걸 좋아했다. 고작해야 달력을 접어 만든 종이 돛단배가 내가 아는 항해의 전부였으나 외삼촌의 목재 범선을 쓰다듬고 있으면 내가 아는 바다의 수심이 쑥쑥 깊어지는 것 같았다. 내게 주면 안 되겠냐고 졸랐다가 거절당하고 그 대신 매일 가지고 놀아도 된다는 허락을 받았던 것 같다. 돛대 줄을 부러뜨리기 전까지는 말이다.

부러진 돛대 줄을 접착제로 보수하는 외삼촌 옆에서 조마조마 가슴을 졸였던 기억. 혼이 날까 봐 무서웠던 것이 아니다. 아주 가느다란, 소면만큼이나 가느다란 나뭇가지 하나가 똑 부러진 것으로 내 마음속의 커다랗고 아름다운 범선이 완전히 망가져 버릴 수 있다는 것을 깨닫고는 쇼크를 받았던 것이다.

*

머리카락 사이에 손가락을 집어넣고 뒤통수를 살살 더듬어 보았는데 전혀 동그랗지 않다. 해골이 동그랗지 않다! 뼈의 배신!

*

호두와 치고받는 장난이 진지해지면 호두는 그 순간 자신을 늑대라 믿는 것 같다. 그 믿음이 너무나 견고해서 나도 최선을 다해 무서워해 준다. 오늘은 정말로 세게 문다. 자신의 늑대 연기가 흡족해서 그러는 것이다. 하지만 나는 알아. 개는 매순간 인간을 배려하고 있다는 걸. 그게 아니라면 개들이 애호의 사물로 이토록 말랑말랑하고 가볍고 작은 공 따위를 선택하지 않았을 것이거든. 개들은 더 난처하고 재미있는 걸 무궁무진 알고 있으니까.

*

피부 위로 벌레가 기어가는 것과 들릴 듯 말 듯 아주 작은 목소리로 귓속말 나누는 것 중 어느 쪽이 더 간질거릴까?

나는 왜 이런 것만 궁금할까? 큰일에는 무감한데 이토록 작고 사소한 일에는 요동치는 건 왜 그럴까? 장은 우주에 대한 이야기를 늘어놓기를 좋아한다. 과학 뉴스와 유튜브를 챙겨 보고 몽롱한 표정으로 나에게 설명해 준다. 덕분에 불면증이 사라졌다. 하루에 여덟 시간씩 자고 있다.

*

언어에 대한 히스테리가 있다. 나를 신경과민에 빠뜨리는 타인의(나의) 언어 습관들. '약간', '트라우마', '개인적으로', '자존감'의 오남용. 최근 '마스크'와 '코로나'가 추가되었다. 그런데 두 낱말을 안 쓰기란 어려운 상황이니까, 미시감이 생길 때까지 반복해서 말해야 한다.

마스크 마스크 마스크 마스크…….

코로나 코로나 코로나 코로나…….

극복이 잘 안 된다.

*

새 아파트 단지가 들어선 자리를 지나간다. 호두와 산책을 하기 위해 항상 지나는 길이다. 이 자리에는 원래 내가 다녔던 고등학교가 있었다. 같은 교정을 같은 재단의 인문계 고등학교와 실업계 고등학교가 공유하고 있었다. 두 학교 아이들의 쉬는 시간과 점심시간 등이 겹치지 않도록 배치되어 있었기 때문에 잦은 간격으로 학교 종이 울리곤 했다. 주고받는 노래처럼, 엉뚱한 대답만 돌려 주는 대화처럼, 「엘리제를 위하여」와 「소녀의 기도」가 번갈아 울려 퍼졌다.

두 학교 아이들을 마주치지 않게 하는 이유에 대해서라면 여러 추측이 있었던 것으로 기억한다. 과거에 큰 패싸움이 있었다더라, 인문계 아이들은 인문계 아이들의 기준으로, 실업계 아이들은 또 그 나름대로의 이유로 상대 학교 아이들을 깔보기 때문이라더라, 뭐 어쨌든 비슷한 종류의 추측들이었다. 실제로 그랬었느냐 묻는다면…… 모르겠다. 정말로 마주쳐 본 일이 거의 없으니까.

그런데도 우리들이 함께 저지른 일이 있었다. 교정 연못 비단잉어들의 뚱뚱한 몸매는 우리들의 합작. 너 나 할 것 없이 틈만 나면 빵을 뜯어 잉어에게 던져 주었기 때문이다.

바깥에서 날아드는 것은 대개 빵 부스러기였기 때문에 잉어들은 수면에 무언가 떨어지기라도 하면 그게 무엇인지 확인도 하지 않고 냉큼 먹어 치웠다. 어떤 아이들은 있는 힘껏 가래침도 뱉었다.

우리들은 함께 있다, 잉어의 배 속에서. 잉어의 피와 살로. 지금 그때의 연못은 흔적도 없이 사라졌다.

콜필드는 궁금해했지. 강이 얼면 오리들은 어떻게 돼요? 내가 묻고 싶은 것이 바로 그거다. 연못을 메우면 잉어들은 어떻게 돼요? 그건 단순히 그냥 잉어가 아니니까.

두 학교가 오붓하게 마주 보고 있던 교정의 부지가 팔리고 나서 두 학교 중 한 학교는 다른 곳으로 이사를 갔다. 나머지 한 학교는 운동장만 달랑 달고 아파트 단지 옆으로 밀려났다. 세련되고 매끈한 새 아파트를 볼 때마다 나는 생각에 잠긴다. 이 아파트들도 언젠가 헐리겠지?

여름 대나무들처럼 빈터에서 아파트가 쑥쑥 솟아오르는 것을 지켜보는 내내 나는 한 가지 생각에만 몰두했다.

*

채칼에 감자를 밀다가 엄지손가락까지 살짝 썰었다. 피가 많이 나서 당황했지만 손가락 다쳤을 때 손을 심장보다 높이

들고 있으라고 영화에서 그랬던 게 떠올랐다. 그러면 지혈이 잘 된다나. 손을 번쩍 들고 피를 줄줄 흘리고 있는데 장이 그걸 보고 와서는 쩔쩔매 주었다. 결사의 감자볶음을 위해 제가 나서겠습니다!

제정신이 아니어서 많이 웃은 것 같다. 오른손 엄지손가락을 붕대로 말고 있으려니 불편한 게 많았다. 감자 사랑의 길이 혹독하다. 아이폰 홈 버튼에 지문 인식을 할 수 없고 비닐 포장의 절취선을 찢을 수 없으며 오물이 묻은 표면을 문지를 수 없다. 엄지가 아주 커졌기 때문에 따봉을 표시할 때 강조 효과가 발생한다는 점만큼은 썩 마음에 든다.

*

엄마 집에서 나오기 위해 짐을 정리하면서 가장 곤란했던 것은 역시 지류(紙類)였다. 초고를 자필로 쓰던 버릇을 진작 고쳤음에도 전에 쓰던 습작 노트가 발견된 것이다. 망한 시의 흔적과 시가 되기 이전 날것 상태의 문장들이 한 권 빼곡했다.

스스로 그걸 찢는 것은 여러모로 우스꽝스러운 일이므로 엄마가 도와주기로 했다. 나는 엄마를 믿는다. 단 한 줄도 읽지 않으리라는 것을. 엄마는 내가 쓴 글에 눈곱만치도 관심 없으니까. 한쪽에서 끝없이 들려오는 종이 찢는 소리. 이제야 완성된 것 같은 기분이었다.

*

단지 앞에 회오리감자 푸드 트럭이 와서 사 먹으러 갔다. 트럭 앞에 서 있던 여자가 강아지 호두를 보고 소스라치게 놀라 소리를 질렀다. 정말로 아무것도 아닌 사소한 일이지만 나는 이럴 때 좀 화가 난다. 사람은 사람만 보려고 한다. 이 세상에 사람만 정당하게 존재하는 줄 안다. 눈앞에 확보된 세계가 세계의 전부인 줄 안다.

"세상에! 인간이라니! 인간이라니!"

그런 비명을 면전에 대고 외치는 동물은 없는데 말이지. 물론 속으로는 외칠 것이다.

동물에게도 최소한의 예의를 갖춰 달라! 감자 사랑의 길은 혹독하다.

*

식탁 위에 제철 과일이 놓여 있을 때 내가 꾸린 생활이 기특하게 여겨진다. 복숭아를, 자두를, 포도를 그때그때 사다 두고 먹었다. 초파리가 생겼다. 허공을 휙 가르고 손바닥을 펼쳤을 때 아무것도 없는 깨끗한 손바닥. 잡은 줄 알았다.

*

차멀미를 했다. 바퀴 달린 것들과는 좀처럼 친해질 수가 없다. 시선을 멀리 두었다. 많은 집들을 보았다. 어디에든 집이 있다는 것이 신기했다. 집이 있을 만한 곳에 어김없이 집이 있고 도저히 집이 있을 수 없는 곳에도 집이 있다. 개중에는 아무도 살지 않는 빈집도 있을 것이다.

그리고 밭들, 어디에든 밭이 있다는 것도 참 신기하다. 하지만 당연한 일. 이 많은 집들에 살고 있는 더 많은 사람들을 먹여야 하니까. 아무것도 심어져 있지 않은 빈 밭들도 많다. 하지만 모를 일. 비어 있는 것처럼 보이는 땅 밑에 어떤 씨앗이 대기하고 있을지.

*

어떻게 살아야 하나요?
길 가다 마주친 일면식 없는 자에게라도 묻고 싶다.
저는 어떻게 살아야 하나요?

사실은 질문하자는 게 아닙니다. 삶에 대한 절대적인 방법론이 있을 리 없죠. 제 삶의 방향을 타인이 알고 있을 리도 없고요. 그렇지만 '어떻게 살아야 할 것인가.'를 주제로 아무나 붙잡고 대화하고 싶었어요. 이쪽 주제라면 상대가 누구든 저는 언제라도 심각해질 준비가 되어 있습니다. 정답이 없잖아요. 어서 오답을 꺼내 놓으세요. 저의 오답 역시 들려주고 싶습니다. 당신의 헛소리와 나의 헛소리가 마찰하는 순간, 짧게나마 삶의 방법이 선명해질 것 같은 기분이 들지 않나요? 돌머리끼리 부딪치면 불꽃이 번쩍번쩍 튀기는 거죠. 저는 그 순간이야말로 가장 살아 있다고 느낍니다. 어떻게 살아야 하나요?

아무도 모른다. 하지만 내가 아는 몇몇 사람들은 삶이 무엇인지, 어떻게 살아야 하는지 분명히 알고 있는 것 같다. 다 알아 버린 것 같고, 내가 묻는다면 기꺼이 알려 줄 것도 같다.

문제는 그들이 딱 두 부류로 나뉜다는 것. 하나는 맨 정신이 드문 알코올중독자, 또 하나는 한시도 진지해질 줄 모르는 농담중독자. 나는 그들이 삶에 대한 이야기를 시작할 때까지 그들을 참아 줄 자신이 없기 때문에 여전히 삶을 모르기로 한다.

*

아무 뜻도 없이 창가에 의자 하나를 놓아두었다. 무엇이든 앉았다 가는 것이 있겠지 생각했더니 공간이 변하는 게 느껴졌다. 오싹해하는 사람도 있을 테지만, 아무리 생각해 봐도 슬픈 사람일 것 같다.

*

더욱 많은 사람들과 더욱 긴밀히 연결되고 싶은가?

아니오.

*

오늘 본 유튜브에 아기 염소를 키우는 남자가 나왔다. 사랑이 깊은 나머지 잠도 같이 자고 밥도 같이 먹으며 집 안에서 함께 생활했다. 집 안에서 개도 키우고 고양이도 키우고 새나 이구아나도 키우니까 염소라고 못 키울 이유는 없다. 문제는 이 남자가 염순이를 사랑하는 만큼이나 자신의 화초들도 끔찍이 사랑한다는 것이다.

남자가 한눈을 팔기라도 하면 염순이는 어김없이 화분

곁을 기웃거리다 화초를 뜯어먹었다. 야물야물 맛있게 먹었다. 남자가 헐레벌떡 달려왔다. 안 돼, 안 돼, 경악하면서. 누가 봐도 남자는 둘 중 하나만 사랑하는 편이 옳아 보였다. 그러나 쑥대밭이 된 방을 치우면서 남자는 분명 웃고 있었다. 염순이가 화초를 뜯어먹은 것이 기특하면서도 정성껏 가꿔 온 화초가 엉망이 되어 버린 것에는 화가 났다가…… 이내 경쾌해졌을 것이다. 나는 그렇게 생각한다. 얼마 만에 이렇게 큰 목소리를 내 보았는지(안 돼! 단호히 거절을 해 본 일이 얼마 만인지.), 얼마 만에 허리를 숙여 방바닥을 닦아 보는 것인지, 나의 양순한 심장이 미쳐 날뛸 때도 있구나 생각하면서, 이 모든 게 새롭고 흥겨웠을 테지.

남자는 화초를 사랑하기 때문에 염소까지 사랑하게 된 것인지도 모른다. 그 반대의 경우일지도. 하나만 사랑해야 할 이유가 없다. 사랑은 독점적인 방식이 아닐 때 더욱 세차게 움직인다. 더 많은 사랑을 낳을 수 있다. 그게 더 사랑에 어울린다.

*

이름 불러 주는 시. 제목에만 해도 미란, 세리, 순이, 철수, 예진이 등장한다. 시는 현실에서 추방된 것들에게 자리를 마련해 줌으로써 지금 우리의 현실에 무엇이 빠져 있는지를 알게 한다고 배웠다. 오늘은 이름 불러 주는 시들을 읽었고 우리에게 이름이 없다는 것을 깨달았다. 이름을 부르지 않는 세계에 살고 있다는 것을.

*

극장에서 영화를 봤다. 행간 읽기가 피곤하면 죽고 죽이고 부수고 폭발하는 싱거운 영화를 보러 극장에 간다. 드론을 띄워 촬영한 듯한 신이 있었다. 새들이 비행하며 굽어볼 때 이런 풍경일까. 잠시 따져 봤지만 그럴 리가 없다. 새들은 더 좋은 것을 보겠지. 새들도 새들의 세계가 있을 테니까.

'버드 아이즈 뷰'라는 명칭은 잘못된 것 같다. 그들이 발밑 세상을 잠깐이라도 본다면 이 지루한 평면 세계는 오래 쳐다볼 것도 없이 눈길을 거두었을 것이다. 몇 번 새똥을 맞아 보니 알겠다. 그들이 지상의 문제에 별 관심 없다는 걸. 그러니까 여전히 우리는 '버드 아이즈 뷰'를 모른다.

인간이 정복할 수 없는 절대적인 영역이 있다는 사실을 확인받을 때에나 나는 잠깐 희망적이다. 인간의 무능만이 좋다. 인간의 불가능성만이 세계의 가능성.

동물원에서 가까이 마주 볼 수 있는 동물들을 깊은

산속에서 만났더라면 좋았을 것이다. 꼼짝없이 주저앉았을 것이다. 오줌을 지렸을 것이다. 두려움을 배웠을 것이다.

*

H의 시를 읽다가 눈물 날 뻔 했다. 매우 감동적인 문장이 있어서 어떻게 쓰게 된 것인지를 물어보았는데, 열여덟 살 H의 말에 따르면 우리가 누군가 잊게 될 때에는 목소리부터 지워지더라는 것이다.

나는 그의 말을 확인하기 위해 눈을 감고 아주 오래된 사람들을 떠올려 보았다. 익숙한 배경 안에 익숙한 얼굴들이 끌려 나와 입만 벙긋거렸다. 아무리 노력해도 그들의 음성은 떠오르지 않았다. 차례차례 한 시절의 주요 인물들을 떠올려 보았다. 목소리가 지워진 사람과 아직 목소리를 간직한 사람들이 있었다. 나의 기억 속에서 아직도 자신의 목소리로 자신의 말을 하는 사람들을 마주하며, 나에게 아직도 잊지 못한 사람이 있는 것이 무척 속상했다.

*

친구들이 보고 싶다. 만나면 되는 거겠지만 그게 잘 안

된다. 마음은 있는데 말이 없다. 전화도 할 수 없고 메시지를 보낼 수도 없다. 언젠가 긴 편지를 보내야지, 계획만 해 놓고 1년이 지나갔다. 말이 떠오르지 않는다. 이름만 크게 꾹꾹 눌러 적어 보낼 수 있다면. 그게 내 마음의 전부라는 것을 이해받을 수 있다면.

*

지난해 겨울 텀블벅으로 후원했던 영화가 막 완성되었다는 소식이 도착해 유튜브 링크를 받아 관람했다. 「고양이에게 밥을 주지 마세요」라는 제목의 다큐멘터리 영화다.

이 영화를 만든 두 명의 감독 중 한 사람이 시 수업에서 만난 학생인데, 눈빛이 형형하고 총기가 넘치는 영화학도였다. 항상 맨 앞자리에 앉아 다른 사람들의 말을 경청하던 표정을 잊을 수 없다. 나는 그가 무엇을 하든 (시를 쓰든 영화를 하든) 좋은 결과물을 만들 거라는 믿음이 있다. 내가 나로서 나의 말을 하기 위해 몸이 경직된 사람들과는 뭔가 좀 달라 보였기 때문이다.

나는 귀로 말하고 입으로 듣는 사람들을 무한히 신뢰한다. 같이 영화를 보다 장이 훌쩍훌쩍 울었다. 장은 고양이 사료가 담긴 비닐 봉투를 가방에 꼭꼭 챙겨 다니는 사람. 언젠가 송내역 역사 기둥에 붙은 경고문을 읽고 놀랐던 적이 있다.

유해 야생동물 비둘기에게 먹이를 주지 마세요.

뭐? 쟤도 먹는 밥을?

*

juice. 즙이 풍부한. 좋아하는 단어를 묻는 질문에 철학자 앤지홉스가 고른 단어.

나는 즙이 풍부한 사람이 되고 싶다. (나의 바람이 성적인 의미로 들린다면 당신과 나는 동질한 사람이고 그래서 당신이 싫다.) 윤기 나는 머리카락을 쓸어 넘기고 매끈한 피부와 촉촉한 입술로 말하고 즙을 마구 흘리고 다니다가 그걸 밟고 누군가 크게 미끄러졌으면 좋겠다.

*

시계를 사러 예지동 시계 골목에 갔다. 일전에 대만의 골동품 가게에서 망가진 탁상시계를 오로지 디자인에 홀려 사 온 적이 있었다. 그걸 수리하러 다니다 발견한 곳. 가게 주인은 일상의 권태에 대처하는 자신만의 노하우가 확실한 노인임에 틀림없다. 인적 드문 시계방 골목에 울려 퍼지는 록 음악에 홀린 듯 들어갔던 곳이기 때문이다. 시계 수리를 맡기고 기다리는데 정각이 되니 가게 벽에 다닥다닥 붙어 있는 낡은 괘종시계들이 일제히, 그러나 제각각 다른 소리로 종을 쳤다. 그때 다짐했다. 이사하면 괘종시계 사야지. 꼭 다시 와야지.

내가 고른 시계는 무려 1940년대에 만들어졌다고 한다. 태엽 감는 방법을 일러 주다 문득 노인이 물었다. 이런 것을 좋아하느냐고.

"뭐, 그런 편이죠. 예전에 시계 고치러 왔었어요."

그는 크게 반가워하며 자신의 지갑에서 만 원을 꺼내 주었다. (난 카드로 계산했는데……?)

"깎아 주시는 거예요?"

그게 아니란다. 이것도 인연이니 가는 길에 꼭 밥 한 끼 사 먹으라는 것이다. (그게 깎아 주는 건데……?) 어쩐지 그의 말을 들어야 할 것 같아 돌아가는 길에 김밥나라에 들러 잔치국수와 김밥 한 줄을 먹었다. 정각이 된 줄도 모르고 열심히 먹었다.

그때 테이블 밑에서 괘종이…… 그것도 여섯 번…… 과묵하게 앉아 혼자 저녁밥을 때우는 사람들 틈에서…… 1940년대의 시계가 느리고 분명하게 말했다.

"나 여든 살……. 여기 있다……. 김밥나라에."

허둥지둥 뭘 어떻게 해 보려다가 내가 할 수 있는 일이 없다는 걸 알았다. 저 스스로 가는 시간의 소관에 대해 내가 할 수 있는 일은 앞으로도 계속 없다. 밥이나 마저 먹어야 한다. 버스를 타고 가다 하필이면 7시에 당도하는 바람에 같은 일을 또 겪었다. 할 수 있는 일이 없었다. 그는 일상의 권태에 대처하는 자신만의 노하우가 확실한 사람임에 틀림없다. 그가 준 만 원은 시계 값을 깎아 준 게 절대 아니었다.

보들레르의 『파리의 우울』에서는 「괘씸한 유리 장수」가 제일 좋다.

"인생을 아름답게! 인생을 아름답게!"[4]

화자가 유리 장수를 넘어뜨리고 미치광이처럼 소리칠 때 나의 내면에서, 못 돼먹은 어린애가 박수 치고 발 구르며 환호한다. 노인은 알고 있었을까. 내가 6시와 7시에 즐거웠다는 걸. 잠깐 삶이 아름답다고 생각했다는 걸.

4 샤를 피에르 보들레르, 윤영애 옮김, 『파리의 우울』(민음사, 2008), 58쪽.

*

가위벌이 나뭇잎 조각을 들고 날아가는 것을 보았다. 담벼락에 난 배수 파이프 구멍으로 작은 나뭇잎 조각을 들고 들락날락했다. 목적이 궁금해서 검색을 해 보았더니, 육아방을 정비하기 위한 것이란다. 가위벌이 오려 낸 나뭇잎 사진도 보았다. 잎사귀의 가장자리가 한입 베어 문 사과처럼 동그랗게 오려져 있었다. 자연이 스스로 오린 것들 중에 멋지지 않은 것은 드물다.

*

채칼에 다쳤던 엄지손가락에 새살이 차오르고 있다. 완전히 떨어지지 않고 덜렁거리던 살점을 단단하게 고정시켜 놓았더니 상처 위에 동그랗게 붙었다.

이럴 때 보면 몸은 참 기특해. 알아서 바느질도 하고. 고통이 없으면 고통의 소멸도 없다는 말을 떠올려 보았다. 지당하신 말씀이면서도 참 기만적인 말이기도 하면서도……. 동그랗게 붙어 있던 피부가 새살에 밀려 조금씩 떨어져 나간다. 해수면 상승으로 사라지는 섬처럼! 몰디브처럼!

2부

나는 미래에 대한 밑그림을 그리지 않지

안개 속에서 선명해지는 것

얼마나 자주 탁상 달력을 쳐다보는지 모르겠어요. 그러나 당신은 메모가 싫습니다. 적어 두지 않아도 허둥대지 않을 정도의 평균대를 걷고 싶습니다. 생활은 대체로 이런 기준에 맞는 보폭으로 흘러갑니다.

일주일에 두어 개씩만 과업을 벌려 놓으면, 시간에 다정한 물살이 일고요. 당신은 보기 좋게 떠가는 청둥오리처럼 우아할 수도 있습니다. 새들의 앙증맞은 지저귐. 조그만 부리로 빠끔대는 것을 보려고 나뭇가지 사이를 훑어보기도 하는 한가로운 산책이 가능합니다. 자주 상냥한 미소를 지을 수 있습니다. 아무도 당신을 쳐다보지 않는다고 하더라도 말입니다. 왜냐하면 당신은, 당신 자신에게 한없이 부드러운 태도만을 취하게 될 테니까요. 익살스러운 모양의 구름,

초현실적인 색채의 하늘을 마주하면 사진을 찍어 둡니다. 친구에게 전송하면 칭찬을 들을 것입니다. 친구의 감탄은 자연의 초자연적 위트에 대한 것이 아닙니다. 소소한 일상 속에서도 감각적인 장면을 놓치지 않는 당신의 예리함. 그런 당신에게 놀란 것이겠죠.

*

서른이 넘어서야 수첩을 쓰기 시작한 나는 한 해를 번번이 백지로 폐품 처리했다. 좀처럼 메모하는 습관이 들지 않았다. 농담 삼아 반(反)메모주의를 설파하곤 했는데 어쩌면 농담이 아닌, 진실한 웅변이었을지도 모르겠다.

학창 시절에는 알림장을 쓰지 않아 꾸중을 들었다. 그러나 준비물을 빠뜨리는 일도, 숙제를 까먹는 일도 딱히 없었기 때문에 더욱 기고만장하게 알림장을 안 썼다. 사실이나 있었던 일, 새로 알게 된 것을 일기장에 심어 두는 일도 없었다. 일기장의 비중은 이해할 수 없는 것, 그것에 대한 의문, 실제로는 그렇지 않았지만 거의 그런 것이나 다름없다고 느낀 것, 그로 인한 감정, 눈이 아니라 느낌으로 본 것 들이 독차지했다. 사실이 희박했기 때문에 가능한 소상히 적었다. 괴벽이 나를 외롭게 만들지도 모른다는 두려움은 의식하지 않았다. 망상만을 적으려 했던 일기 습관이 시 쓰기의 초석이 된 것은 아닐까 하고, 좀 멍청한 생각도 했던 것 같다.

나는 종종 중요한 일을 놓치는 사람이 되었다. 잊어버리는 것이 많을수록 당신에게 죄송했다. 망각은 신의 선물이라는데, 나의 건망은 그냥 건방이어서. 수첩을 샀다. 어찌나 단단한 결심이었던지 월간, 주간, 일간으로 구획이 나뉜 수첩을 골랐다. 몇 년간은 새 것이나 다름없는 수첩의 연도 표기가 끝자릿수만 교체되는 식이었다. 죄송하다는 말의 빈도 역시 줄지 않았다. 결국 내가 수첩을 열고, 할 일을 정리하는 사람이 될 것 같지 않았다.

최소한의 단어만 적어 둘 수 있도록 탁상 달력을 이용했다. 정신이 바짝 조여지는 날에는 그것을 비교적 자세히 수첩에 옮겨 적는 일도 생겼다. 일주일에 두세 가지를 적어 두면 일상의 밀도가 적당했다. 거의 매일 가까운 산어귀를 산책할 수 있었고 산책길에서는 수신자 없는 미소를 짓기도 했다.

이때 나의 다정함은 누구를 향한 것도 아니었으므로 다만 나 자신에 대한 태도였을 것이다. 시적인 생각이 불쑥 튀어나와 놀랄 때도 있었지만 당신을 반기듯 수첩을 열었다.

우아한 메모였다.

깍두기공책에 따라 썼던 '가나다라'는 무척 뚱뚱하고 컸다. 깍두기 칸을 꽉 채우지 않으면 못생긴 글씨라고 여겼기 때문이다. 나는 한글을 예쁘게 쓰고 싶었으니까 될 수 있으면 깍두기 칸에 여백을 남기지 않도록 노력했다. 사각형의 테두리에 닿을 때까지 모음을 늘여 썼다. 몸에 비해 머리가 큰 어린애처럼 존재감이 큼지막한 자음은 당장이라도 고꾸라질 듯 보였다.

주어진 칸을 꽉 채워야 직성이 풀렸던 시간 뒤에는 사춘기가 왔다. 수업 시간에는 교과서 귀퉁이를 찢어 하고 싶은 말을 적었다. 수신자인 당신이 나와 먼 분단에 있어도 문제없었다. 이것 좀 전달해 달라는 귓속말 하나면 반 아이들 모두 성실한 집배원이 되어 주었다.

삼각 모서리 안에 들어가기에 충분했던 말들. 이따 매점 가자. 끝나고 뭐해. 심심해 같은 말들. 아무짝 쓸모없을 뿐더러 쉬는 시간에 떠들어도 그만일 말들. 이 시시껄렁한 필담을 모두의 협동으로 이어 나갔다. 당신과 내가 그렸던 함수 그래프의 깜찍함이란 말해 뭐하나.

그러나 조그맣게 찢은 교과서 모서리에 할 말이 끓어 넘칠수록 나와 당신은 멀어졌다. 우리는 점점 더 많은 말이 필요한 사이가 되었고 무한히 말할 수 없었으므로 무한히 침묵하는 쪽을 선택했다. 당신과 내가, 우리에게 주어진 칸을 꽉 채우다 그만 사라져 버리고 마는 것.

"얼음을 깨무는 습관은 치아에 치명적이에요."

의사는 말했지만.

얼음을 와드득와드득 씹는 쾌감을 대체할 수 있는 건 아무것도 없는 것 같다. 사각형의 아이스 큐브가 어금니 사이에서 박살 날 때, 사각형을 벗어날 때, 작은 얼음 결정들이 냉기만 남기고 사라질 때, 물이 되어 목구멍 속으로 흘러갈 때. 그런 해방감. 좀 이른 틀니를 하게 된다고 해도 나는 할 말 없겠지.

하루에도 몇 번씩 탁상 달력과 수첩을 번갈아 본다. 달력 한 칸, 하루의 사각형 안에 두세 가지 일들이 포개어져 있다. 넘치지 않기 위해 글씨가 점점 작아진다. 작은 글씨로 적어도 사각형을 벗어나고야 만다. 할 일의 중요도와는 무관하게 하루의 사각형이 갈라지고 쪼개진다. 그렇다면 다음은?

할 일을 빽빽하게 적어 놓은 달력을 보고 있으면 습관적으로, 내가 잠적해 버리는 가정을 한다. 전화번호를 바꾸고 자주 만나던 사람들을 만나지 않으면, 당신이 없는 곳으로 이사하면, 나는 사라질 수 있다. 너무 쉬워서 웃음이 난다. 위로가 된다.

이런 것을 쓰려던 건 아니었다. 믿기 어렵겠지만 나는 제주 해안 도로의 안개를 쓰고 싶었다. 그날의 안개는 나를 가두었다. 아무리 전진해도 벗어날 수 없는 안개 속에서 나는, 죄수복을 입고 좁은 운동장의 테두리를 맴도는 수인이었다. 팔을 뻗으면 내 손등조차 보이지 않았다. 보이는 것이라곤 차렷 반경 정도였다. 걸어도 걸어도 제자리를 맴돌았다.

나는 세 시간을 꼼짝없이 안개 감옥 속에 있었다. 그 안개를 쓰려고 했던 것인데, 도대체 본 것이라곤 배타적인 안개와 나 자신뿐이다. 그것은 한 줄이면 끝나는데.

빼곡한 일정이 적힌 탁상 달력이 눈앞에 있다. 나는 안개에 갇혔다. 맹인의 눈꺼풀이 어둠이라는 것을 믿더라도 그 어둠이 검다는 것은 의심한다. 흰 어둠이 있다. 나는 그것을 경험했다. 아무것도 보이지 않으면 나 자신 또한 또렷이 볼 수 없다. 어둠 속에서 쩔쩔매는 천치 하나는 선명하게 볼 수 있을 것이다.

*

당신은 우아한 태도를 좋아합니다. 저기 태연히 떠가는 청둥오리가 물밑에서 방정맞은 발길질을 하고 있네요. 딛는 즉시 꺼져 버리는 계단이 있습니다. 그 계단을 계속해서 밟아야 합니다. 걸음을 멈추면 콧구멍으로 세숫대야를 맛보게 될 것입니다. 눈물 콧물 쏙 빼며 울고 싶지 않으면 걸어야 합니다. 여기는 물밑의 질서가 적용되는 안개 감옥이니까요. 오늘의 노동은 당신을 천치로 만들거나 우아하게 만들어 줄 거예요. 아직도 탁상 달력을 바라보고 있는 당신은, 여전히 메모를 싫어하고요.

여행식물

이웃의 개는 해질녘이면 운다. 고개를 젖히고 길게 운다. 본 적은 없다. 소리는 매일 들린다. 소리로 짐작하건대 큰 개다. 이렇게 긴 울음, 하울링이라고 부르는 이 늑대 소리는 동료를 부르는 소리라고 한다. 하루의 대부분을 혼자서 보내는 개일 테고 소리의 의미는 불안이나 공포겠다. 이 울음소리가 들리면 나와 사는 작은 개가 거실을 서성거린다.

"뭐라고 그러는 거야?"

물어도 나의 개는 말을 할 줄 모른다. 나에게는 말 없더라도 이웃 개에게 대답 좀 해 주면 좋을 텐데, 거실을 서성이기만 한다. 우스갯소리라도 주고받았으면 위로가 되겠지만 내가 농담을 가르쳐 준 적이 없다.

이 골목의 소리를 대부분 안다. 동이 틀 무렵에는 새들이 운다. 벨리댄서의 치맛자락처럼 찰랑거리는 날도 있고 아주 작은 접시들을 한꺼번에 깨뜨리는 것처럼 자지러지는 날도 있다. 골목의 기상 상태와 밀접한 관련이 있는 것 같기는 한데 잘은 모르겠다.

이른 출근을 하는 자들이 새벽 비늘 위를 훑고 지나간다. 과일 트럭은 사계절보다 더 잘게 계절을 나눈다. 물류 차량에서 택배 상자들이 내려오는 소리는 평일 낮의 주된 단골이다. 늦잠을 깨우는 건 땅콩 트럭 소리다. 흙 묻은 땅콩이란다. 살아서 눈을 깜빡깜빡거린다는 고등어 트럭의 표현은, 너무 감탄스러운 나머지 받아 적었던 적도 있다. 야심한 밤에는 가끔 누군가 욕을 하며 전봇대를 걷어찬다. 이들과는 얼굴 한번 마주친 적 없이 모두 구면이다. 소리만 듣고 있어도 모두 각자의 몫을 정성껏 살아가고 있다는 것을 알 수 있다.

나는 고향이 없다. 한 번도 고향을 떠난 적 없기 때문이다. 심지어 내가 태어난 병원으로부터 멀지 않은 곳에 산다. 가끔은 내가 태어나던 장면을 떠올릴 수 있을 것 같은, 희미한 기분마저 든다. 누구는 아이들의 물총 속에서 날쌔게 뻗어 나가는 물줄기로 살고, 누구는 이곳저곳 신출귀몰하는 빗방울로 산다면, 나는 컵이 엎질러진 자리에서 멀리 번지지 않고 고여 있는 웅덩이다. 이곳에서 마르고 이곳에서 썩을 것이다. 이 말이 다른 이들에게 지루하게 들릴지 궁금하다. 그러나 이 사실은 내가 누려 본 가장 안전한 행운이다.

부모로부터 주거를 독립하지 않은 이유는 참 보잘것없다. 무엇도 나를 쫓아내지 않았기 때문이다. 부모가 등 떠밀지 않았으며 뿌리 깊은 무사안일주의가 나의 게으른 등을 쓰다듬어 주었다. 언젠가부터 떠미는 사람 없는 친구들마저 하나둘 자취를 시작했다. 전기세와 난방비를 걱정하며 더울 때 덥고 추울 때 춥게 잠드는 것을 보면서, 불편을 인내하는 것으로 얻게 된 주체적 살림살이의 이점이 무엇인지 좀처럼 알 수 없었다.

나는 살아 있음에 지긋지긋해하거나 감격하는 것만으로 그럭저럭 바빴고 만족했다. 그것이 나았다. 독거 여성을 표적으로 범해지는 사건 사고를 접할 때마다 공포를 덮고 잠드는 것보다 나았고, 때가 되면 허기가 지는 것을 자조하며 레토르트 식품을 꾸역꾸역 밀어 넣는 것보다 나았다.
우리라는 가족공동체, 우리라는 주택, 우리라는 자본의 보호 없이 멀쩡할 자신이 없었다. 우리를 벗어나서는 사람의 몰골을 유지하며 살아갈 자신이 없었다. ('우리'라고 써넣은 자리에 '부모'를 넣으면 더 솔직한 문장일 것이다.) 내게 고향을 떠날 요원한 시절이 찾아온다면 나는 누구보다 빠르게 향수병에 걸려 눈가가 짓물러 갈 사람이다.

그러니까, 그처럼 많은 사람들이 여행을 좋아한다는 사실도 솔직히 믿기 힘들다. 등산을 좋아하는 사람도 여행을 좋아하고 등산을 싫어하는 사람도 여행을 좋아한다. 클래식을 좋아하는 사람도 일렉트로닉을 좋아하는 사람도 여행을 좋아한다. 심지어 모험심이 없는 사람들까지 여행을 좋아한다. 여행이 싫다고 말하는 사람을 만난 적이 없다.

한편 나는 여행에 대해 별 호오가 없다. 좋아하거나 싫어하는 쪽 중에 골라야 한다면 싫어한다고 대답할 거지만 여행을 싫어하게 될 만큼 여행을 다닌 적도 없거니와, 스스로 여행 가방을 꾸렸던 적도 없다. 따지고 보면 싫다기보다는 힘들어하는 쪽에 가깝다. 좋아하는 사람과 정서적 유대감을 돈독하게 하기 위한 이벤트 정도라면 기꺼이 힘든 과제를 감수할 마음 정도는 있다. 하지만 다른 목적 말이다. 여행을 위한 여행을 가는 자들 말이다. 떠나기 위해 떠나는 여행이 늘 궁금했다.

도대체 어떤 믿음이 우리 바깥의 낯선 세계로 스스로를 내던지게 하는 것일까. 나라는 존재가 인간계, 나아가 생태계의 이물인 게 틀림없다는 예감이야 나 같은 철부지들의 자기애 넘치는 감수성이라 치고. 스스로를 이방인의 자리에 주저 없이 가져다 둘 수 있는 용기. 그것의 정체 말이다. 진부한 말이겠지만 여행은 회귀할 일상이 있는 자들의 것이기 때문일 거다. 어쩌면 그리 대단한 용기가 필요한 일도 아니고 단지 모험심보다 체력이 필요한 시간일 수도 있겠다. 일상을 너무 아끼기 때문에 잠깐 발을 빼 보는 것일 수도 있겠다.

얼마 전 여수에 갔다. 여수에 왔으니 이것만큼은 먹어야 된다는 생각은 없었고 그저 배가 고파서 식당가를 어슬렁거렸다. 해산물에 질렸을 때 우연히 눈에 들어온 것이 베트남식당이었다. 고유한 느낌을 내려고 코끼리나 불상 같은 조악한 장식품들을 가져다 둔 곳은 아니었다. 낡은 기사식당 같은 외관이었다. 베트남 여자 둘이서 요리와 서빙을 하고 있었다. 작은 체구에 질끈 말아 올린 긴 머리, 먹처럼 눈이 깊은 여자들이었다. 나와 일행은 서울 번화가에서 먹던 한국식 베트남 쌀국수가 아닌, 베트남 쌀국수를, 뜬금없이 여수에서 먹게 된 셈이다. 서빙을 맡은 여자가 다가와 소스와 향신료들에 대해 눈짓 손짓을 섞어 설명해 주었다.

다른 테이블에서는 세 명의 여자들이 국수를 먹고 있었다. 두 사람은 베트남 여자였고 한 사람은 한국 여자인 것 같았다. 베트남 여자들의 얼굴이 모두 앳돼 보였다.

“과자라도 한 봉지 사 갔어야지. 우리나라에서는 그러는 거 아니야.”

한국 여자가 베트남 여자에게 말했다. 베트남 여자의 목소리는 너무 작아서 잘 들리지 않았지만 한국어가 서툴렀다.

“그래도 아이 있는 집에 빈손으로 가는 거 아니지.”

한국 여자가 계속해서 말했다.

“너희 나라에선 어떤지 몰라도 우리는 그게 아니야. 너도 곧 아이를 낳게 되면 알게 될 거야.”

어린애를 타이르는 것 같은 말투가 기이하게 들려서 계속 신경이 쓰였다. 한국 남자와 결혼한 베트남 여자 둘과 한국인 시누이인 모양이었다.

대화 속에 불쑥불쑥 튀어나오는 ‘우리’와 ‘너희’라는 경계에 주목하게 되는 것은 어쩔 수 없었다.

아이를 낳으면……. 아이가 생기면…….

반복되는 가정 절을 듣고 있었다. 그래서 저 여자들은 언제 우리가 될 수 있는지. 아이를 낳으면 우리에 포함시켜 주는 것인지. 알 수 없지만. 저들은 언제까지 여행자의 기분으로 살아야 하나. 살아도 살아도 되돌아가는 길처럼 여겨지는 삶이라면 그런 여행이 낭만적일 리가 없는데.

세 명의 여자들이 가게를 빠져나갔다. 깨끗하게 비워진 두 개의 국수 그릇이 씩씩하다. 괜한 슬픔에 사로잡힌 내가 쑥스러울 만큼.

우리 바깥의 삶에 대해 생각한다. 그것이 능동적인 선택이었건 어쩔 수 없는 생존술이었건, 어디에서든 할 수 있는 것을 하며 살아가는 삶. 국수를 삶을 수 있으면 국수를 삶아서 팔고, 아이를 낳을 수 있으면 아이를 낳아서 기르고, 사람을 사랑할 수 있으면 사람을 사랑하며 살아가는. 우리의 안과 밖을 넘나드는. 누구와 합쳐지고 흩어지는 것이 중요하지 않은.

어쩌면 식물들이 가장 많은 여행을 경험했다. 빛줄기를 따라서 손가락을 뻗고 따뜻하고 촉촉한 곳으로 발가락을 옮겨 가면서. 어디에 놓여 있건 나라는 구심력을 잃지 않으면서.

얼마간은 이웃

한 사람이 밤으로 걸어 나갔다. 동시에 한 사람은 낮으로 걸어 들어왔다. 오후 8시에. 어깨를 두 번 쳤다. 어깨를 두 번 친다는 건 무슨 뜻일까. 어쩔 수 없다는 뜻일까. 믿는다는 뜻일까. 잊지 말라는 뜻일까. 아니 무엇을?

일을 하러 간다. 지하철을 타고. 일을 다 하고 돌아올 때에도 지하철을 타겠지. 창밖의 한강을 한 번 더 쳐다보는 것으로 오늘의 일은 끝이 나 있겠지. 언제까지 지겹다는 소리만 할 수는 없다. 이제 그런 소리를 구태여 하는 게 창피하다. 했던 얘기를 또 하는 주정뱅이 같다. 그건 내가 끔찍해하는 사람들이다. 나는 내가 끔찍해진 줄도 몰랐다. 사는 게 흥겨울 때만 아, 너무 좋잖아, 사는 게 신이 나잖아,

말하기로 해 본다. 그런 소리는 구태여 해 줄 필요가 있으니까.

자세해져야 한다. 자세해져야만 보이는 게 있다. 일을 하며 산다는 건 이런 식의 다짐을 하게 만든다. 작은 것에서 행복을 찾아야 한다는 식의. 지하철을 타고 나갔다가 지하철을 타고 돌아오며 건너갔던 강을 다시 건너온다는 식으로 살면 인생은 빠른 속도로 지겨워지니까. 지겹다는 소리만 계속되는 삶은 끔찍하니까.

자세하게 보면 더 많이 슬플 것이지만 더 많은 흥밋거리도 찾을 수 있을 것 같다. 나를 추동하기 위해 적극적으로 굴어야 한다. 중요한 건 이거다. 슬픔은 애써 바라보지 않아도 어느새 피부로 스며든다는 것. 영문도 모르고 슬픔에 허우적거리는 날에는 대강대강 살았던 것을 반성하게 된다. 니가 왜 슬픈지 니가 모르면 어떻게 빠져나오자는 것이냐, 삶이 지겨운 이유를 하나 더 늘릴 뿐이다. 흥밋거리는 애써 찾아내지 않으면 정말 없다. 누군가 내게 뚜벅뚜벅 걸어와 나를 흥미롭게 해 주기 위해 열연하지 않는 이상은.

둘러본다. 필사적인 날이다. 보이는 것을 보는 것 말고 보이는 것에서 출발해 보이지 않는 것까지 응시를 뻗는 게 오늘의 핵심이다. 삶을 자세하게 살아 보기 위해서라면 말이야. 이를테면 저 사람. 어떤 신앙을 모시는지 알 수 없는 저 교인. 교인이 들고 있는 종이 상자. 그는 조악한 종이 상자에 손가락을 푹 찔러 넣고 얼마나 모였는지 확인한다. 휘적거리는 것을 보니 아무것도 없는 모양인데 표정은 기쁨으로 터질 것 같다. 충만이 터질 것 같다. 빈 상자 속에서 무엇을 더듬었는지 알고 싶다. 저 교인이야말로 자세하게 살 줄 아는 것 같다.

내가 만약 저 교인의 성금함에 천 원짜리라도 한 장 넣는다면, 어떤 불우를 돕기 위한 행동도, 그가 믿는 신에 대한 동의도, 지옥에 대한 두려움도 아니다. 단지 저 교인이 보여 준 자세한 태도. 그것만이 내 천 원을 가져갈 수 있지.

과잠을 입은 대학생이 정차역을 확인하고 자기 뺨을 때린다. 고개를 흔들고 머리카락을 털고 허리를 고쳐 앉는다. 그러나 이내 다시 졸고 있다. 이번에는 두 대다. 찰싹찰싹 때린다. 곧 고개를 젖히고 입까지 벌린다. 청년의 금니가 반짝인다. 내 어금니에도 하나 있지.

웃을 때마다 보이는 나의 금니는 나보다 오래 살 것이다. 내가 썩어서 흙이 되고 난 후에도 금은 남으니까. 흙 속에 잘 묻혀 있다가 다시 채굴되면 또 누군가의 어금니가 될지도 모른다.

누군가의 손가락에 둘려져 반짝일지도 모르고. 자신의 어금니를 꾹 깨물게 하는 맹세와 무릎을 꿇고 반지를 끼워

넣는 맹세는 다를 줄 알았는데 같은 뼈를 가졌다. 그런
거였어. 청년 덕분에 맹세에 대해 생각할 수 있다. 적어
놔야지. 필사적으로 자세해진 보람이 있다.

강이 끝났다. 10년 전쯤이던가. 압구정과 옥수 사이
구간에서 느끼는 기분에 대해 친구가 말한 적 있다. 물 위에
떠 있는 공포에 대한 거던가. 물속에 가라앉는 부동감에 대한
거던가. 그에 대한 시를 써 오기도 했었다. 나는 강남에 있는
걔네 집만 곱씹었다. 1호선을 타는 나는 그런 거 모르니까,
하고 별 반응 안 했다.

우리가 이웃이 되는 일은 없겠지. 먹는 사람, 자는 사람
다 있는 이 지하철 한 량 안에서 같이 머무는 동안만 잠깐
이웃인 거지. 과거의 나는 늘 생각보다 더 한심했던 것 같다.
자세하게 살지 않은 탓이다.

맨 앞 칸이건 맨 뒤 칸이건 지하철 끝 칸에 타는 걸
좋아한다. 어쩌다 기관사를 보게 되는 게 좋다. 운이 좋으면
기관사들이 교대하는 장면을 볼 때도 있다. 한 사람이 밤으로
걸어 나갔다. 동시에 한 사람은 낮으로 걸어 들어왔다. 오후
8시에. 어깨를 두 번 쳤다.

어깨를 두 번 친다는 건 무슨 뜻일까. 어쩔 수 없다는
뜻일까. 믿는다는 뜻일까. 잊지 말라는 뜻일까.

가끔은 살아 있다. 살아 있다는 것이 어쩔 수 없어서 가끔 살아 있다는 걸 믿는다. 잊지 않으려고 필사적이 된다.

썬 앤 문

은총은 어쩜 이리 가벼워
무일푼이 가득한 성금함을 들고

지옥의 안락의자 위에서
잠든 자들이 자신의 따귀를 때리며 깨어나는 곳

앉지 않으면 오후의 뒷다리가 부러질 것처럼
청춘이 물 건너갈 것처럼
빈자리를 벌리며 호들갑 떠는 늙은이와
앉은뱅이 중력과 함께

강을 건넌다 건너갔던 것을 다시 건너간다

잠든 자의 입이 벌어져
어금니의 금붙이가 드러나는 희극적 순간을 내려다보며
언젠가 내가 죽게 될 곳이 궁금하다

죽고 난 다음 쓸쓸하게 남을 어금니가
최후의 일격처럼
마지막 빛을 힘껏 깨물어 볼지

절벽에 벗어 놓은 구두코는 오직 정면으로 걸어가는
눈꺼풀 속의 물탱크는 과거만을 퍼올린다

이른 아침 건넜던 강을 야밤에 다시 건넌다
이 밤은 참으로
까마귀치곤 크고 기워야할 곳이 많네요
지옥의 친밀한 이웃들

은총은 어찌 이리 가벼워
영생이라면 조금 더 잘 해 볼 수 있을까
무일푼이 가득한 성금함 속에 주먹을 푹 찔러 보는

두 교대근무자가 서로의 등을 치며 건투를 빌어 준다

* 『이제는 순수를 말할 수 있을 것 같다』(현대문학, 2018).

백 년 후의 서점

나는 아직도 사람을 가장 좋아한다. 어느 정도냐면, 좋아하는 것이라곤 이제 거의 사람밖에 남지 않은 거 같다. 나 자신보다 사람을 더 좋아한다고 말해도 될 것 같다.

나의 실생활에 밀접하게 닿아 있는 자라면 이 고백을 우스워할지도 모르겠다. 하지만 그게 아니다. 평소 사람에 대한 증오심을 감추지 않고 지껄여 댄 이유는 다 배신감 때문이었다. 얼마나 기대했으면, 얼마나 좋아했으면, 그토록 실망하고 미워했겠는가. 사람이 바글바글한 장소를 피하기 위해 온갖 꾀를 쓴 것도 한 사람 한 사람에 지나치게 주목하게 되기 때문이다. 사람은 죽던 말던 내 알 바 아니고 동물이 최고라고 주장해 온 것 역시, 그렇게 말하면 동물에게 저지른 사람으로서의 잘못이 조금이라도 경감될까 하는 면책성 발언이었다.

그러니까 사람에 대한 나의 원한은 이토록 뜨거운 애착을 경유해 온 것이 틀림없는데, 어쩌면 동시적인 것이기까지 한데, 이 균형이 살짝이라도 무너진다 생각하면 아찔하다. 이것이 내 요즘 상태다. 사랑의 시절이 점점 멀어져 가는, 점차 희박해져 가는 것을 지켜보는 중인 초조한 마음이.

그러나 아직도 사람을 가장 좋아한다고 말하는 것이 가능하기는 하다. 순전히 시 덕택이라고도 할 수 있는데, 그에 대한 이야기를 차근차근 해 보려 한다.

한때 일상의 순간순간에서 걸핏하면 록 스피릿을 발견할 정도로 록 음악에 빠져 있었다. 그런 줄 알았다. 하지만 머지않아 록 음악 자체보다 로커를 더 좋아하고 있다는 사실을 깨달았다. 록을 좋아했지만 내가 로커가 되고자 한 적이 없다는 사실도 이상했다. 깨달음 이후로 차차 록 음악 자체에는 시큰둥해지고 말았다. 영화도 그랬고 야구도 그랬다. 영화와 야구 자체보다, 내가 영화를 찍고 야구를 하는 것보다, 영화감독이나 야구 선수가 더 좋았다. 가까이하고 싶었다. 하지만 인생은 이전에도 그랬지만 앞으로도, 로커나 영화감독이나 야구 선수들의 사교계로는 연결되지 않을 것이다.

유명 인사들과 접점이 없으므로 나는 록을 좋아하는 사람,

영화를 좋아하는 사람, 야구를 좋아하는 사람들을 좋아하게 되었다. 나 더는 록 음악 안 듣지만 록 좋아하는 사람을 좋아해. 나 이제 영화 안 보지만 영화 좋아하는 사람을 좋아해, 같은 상태가 된 것이다.

급기야는 어떤 취향이나 장르의 피상적인 인상만을 가지고 그것에 대해 자세히 알기도 전에, 그것에 흠뻑 빠져 있는 사람부터 찾아 성급히 좋아했다. 수학이나 쓰리쿠션 같은 경우가 그랬다. 수학 전혀 못하지만 수학 좋아하는 사람을 좋아해. 쓰리쿠션 칠 줄 모르지만 쓰리쿠션 좋아하는 사람을 좋아해, 상태로 옮겨 간 것이다. 어떤 정신적 체험에도 스스로의 힘만으로는 진입할 수 없는 지경에 이른 게 아닌가. 멋진 것보다 멋진 것을 좋아하는 사람이 더 멋져 보인다는 건.

이렇게 사람에 대한 의존도가 높은 타입이라는 게 수치스럽긴 하지만 별 수 없이 사람이 가장 좋을 뿐이다. 그런데 좋아하는 사람들은 기다렸다는 듯이, 좋아하는 것에 대한 애호를 훌쩍 넘어선다. 넘어서서 전문가가 된다. 전문가가 된 사람들은 자신의 전문성을 드러내기 시작한다. 자신이 전문적으로 알아 버린 것들에 대한 분명한 입장만을 취한다.

나는 좋은 것을 좋아하는 사람, 네가 더 좋은데, 이제는 너에 대해 자세히 알고 싶은데, 너는 록 음악이 아니고 영화가 아닌데, 너는 거의 자신이 록이 되고 영화가 되려 하는 것처럼 보인다. 그러면 떠난다. 변모하지 않는 것은 지겹기 때문이다. 나는 지긋지긋하다는 말이 지겨운 것을 덜 전달하고 있다고 생각한다. 지겨운 것은 지긋지긋지긋보다 더 지겹다. 떠나지 않을 수가 없다.

그런데 시만큼은. 시 자체만으로도 좋았고 좋아하는 것이 직접 하는 것으로 연결돼도 어색함이 없었다. 한 권의 책을 좋아하게 되면 저자에게도 열광할 법한데 내게 시인은 단 한 번도 시를 넘쳐 다가오지 않았다. 아무리 좋아하는 시집을 발견해도 시집 너머의 시인은 딱히 알고 싶어지지도 않았고 좋아하게 된 시집을 나보다 더 많이 좋아하는 타인을 찾아 얼쩡거리지도 않았다. 왜냐하면 시는 이미 시인과 시에 매료된 광적인 독자들을, 그리고 나를, 모두 아우르는 것처럼 보였기 때문이다.

나는 한때 이연주의 시를 무척 좋아했다. 이연주의 시보다 이연주 시인을 더 좋아하고 있다고 의심해 볼 겨를도 없이 나는 나 자체가 이연주의 시에 포함되는 순간을 경험하기도 했다. 이성복도 최승자도, 김소연도 이장욱도, 김승일도 강성은도 마찬가지다. 그들의 시를 읽을 때면 나는 잠깐이라도 그들의 시 자체에 포함된다. 시는 열광하는 이를 소외시키지 않는다는 점에서 완벽하게 너그러운 친구가 아닌가.

하여 시는 사람이 무한히 담기는, 주둥이가 한없이 넓은 사발. 언어를 질료로 삼음에도 언어라면 기필코 다 쏟아 버리고 사람만 남기는 희한한 골동 사발. 가끔은 사람 자체인 것처럼도 보이는.

누구도 선뜻 잘 안다고 나서지 않는 이유는 아마 이런 것일 테다. 지혜로운 자들이라면 수십 년을 함께한 사람도 다 안다고 말하지 않는 법이니까. 이런 생각에 빠져 있으면 시는 언제나 임시적인 것으로만 여겨진다. 임시적이기 때문에 전문가 양성 과정을 기다려 주지 않는 것처럼 보인다. 오늘 시였던 것이 내일은 시가 아닐 수 있다고 느껴진다. 친구 시인들이 입에 달고 사는 말인, 쓰면 쓸수록 모르겠다는 말은, 대부분 엄살로 들리지만 이따금 진심 어리게도 들린다. 나는 그런 말을 매번 진심으로 한다.

가지고 있는 시집 중에 가장 오래된 것은 1972년에 발간된 『프랑스 名詩選』이다. 무려 세로쓰기가 되어 있는 책임에도 불구하고 큰 수고 없이 수중에 들어왔다. 이 책의 케케묵은 냄새와 누리끼리하게 변색된 종이를 처음 마주한 날, 나는 내 시집의 미래와 죽음에 대해서 생각했고 조금 무서웠다. 이 시집은 아직 50년도 채 안된 것이지만, 뜬금없이 불쏘시개가 되는 일만 피한다면 앞으로도 너무 오래 사라지지 않을 것이라서. 백 년 안에 대부분 죽는 사람에 비해서도, 다른 사물과 비교해도, 다른 장르의 책에 비해서도 시집은 너무 오래 살아남는다. 내가 사람과 시를 제일 좋아하는 이유는 쉽게 변하고 현재의 상태가 반드시 사라지기 때문인데, 시집은 그런 맥락에서 정말 오싹하다. 한 사람의 서재에서 다른 이의 책장으로, 다른 이의 책장에서 헌책방으로, 헌책방에서 또 다른 고서 수집가에게로, 고물상으로, 폐휴지로. 그렇게 계속 시집이 돌아다닌다면. 시집은 돌아다니는데 시집에 수록된 시들은 이미 끝나 버렸다면. 내가 시를 놓아주어야 한다, 책으로부터. 어떻게?

얼마 전 나는 누가 사게 될지도 모를 백 권의 시집에 미리 저자 서명을 하면서 약속 메시지 하나를 적었다. 백 년 후, 남아 있는 가장 오래된 서점 앞에서 만나자는 것이었다. 혼동이 없도록 정확한 날짜를 적긴 했으나 시집을 구매한 사람의 당혹감을 고려하여 곰곰이 생각하지 않으면 대수롭지 않은 문구처럼 보이도록 적었다.

백 년 후 종이책 서점이 있을지 없을지는 모르겠다.

박물관이 될 가능성이 가장 높은 것 같기도 하고. 장담컨대 있다면 교보문고는 아닐 것이다. 백 권의 시집 중에 몇 권이 사라지지 않고 백 년 후까지 가게 될지도 전혀 예상할 수 없다. 처음 시집을 구매한 사람들 중 몇이나 살아 있을지도 알 수 없는 노릇이다. 첫 구매자가 모두 죽고 단 한 권도 다음 주인을 만나지 못해 아무도 약속이 적힌 페이지를 다시 펼치지 않았을 수도 있다. 누군가는 폐가의 창고에서, 누군가는 쓰레기 더미 속에서 시집을 발견하고 공연한 호기심에 나와 볼 수도 있겠다. 사람의 노동력이 필요한 대부분의 일은 진작 기계가 차지하고 있을 테니 심심함 때문에라도, 권태 때문에라도 말이다. 마주친 두 사람은 자기만큼이나 실없는 사람이 또 있다는 사실에 민망해하겠지.

내가 백서른다섯 살이 될 때까지 살아 있을 리 없지만 그럴 수 있다면 그러고 싶다. 약속 장소에 나가기 위해서. 이미 죽었다고 해도 약속 장소에는 꼭 나갈 것이다. 시가 페이지를 벗어나는 장면을 볼 수 있을 것만 같다. 내가 아직도 가장 좋아하는, 사람에 의해서, 좋아하는 일이 벌어질 것만 같다.

노동 없이 노동하며 사랑 없이 사랑하는

> 우리가 그 책에 다가가는 도중에 아무리
> 꼬불꼬불 구부러지고 빈둥빈둥하고 우물쭈물하고
> 어슬렁어슬렁하더라도 최후에는 고독한 싸움이 우리를
> 기다리고 있다.[5]

영악한 백인 노예상의 무인도 표류기를 읽고 버지니아 울프가 쓴 에세이의 문장이다. 이 문장을 빌려, 한 인간의 삶을 책이라고 한다면 내 책에는 도무지 기승전결이 없다. 인간 너무 오래 사는 것 같지 않아? 이번 삶은 망한 것 같지 않아? 하는 시시껄렁한 소리나 지껄이는 인물이 굼벵이처럼

5 버지니아 울프: 사사키 아타루, 송태욱 옮김, 『잘라라, 기도하는 그 손을』(자음과모음, 2012), 51~52쪽에서 재인용.

평화롭다. 자존감 타령을 하다가 심각해지고 복권을 사 본 적도 없이 복권에 당첨되면 무엇부터 할 것인가 골몰하는 희망적인 사람들도 있다. 단조로운 플롯. 다음 페이지를 넘겨도 같은 페이지. 빛을 잘 활용하면 가끔 따뜻한 분위기.

대학 졸업 학년이 되었을 때의 당혹스러움을 잊을 수 없지. 최후의 '고독한 싸움'이 기다리고 있으리라는 생각을 꿈에도 하지 않았기 때문에 나는 내내 시를 썼다. 다른 애들 사정도 비슷한 것 같았다. 졸업 요건에 토익 점수가 없는 마지막 학번이었지만 안정적인 직장을 가지려면 토익 점수를 만들어야 한다고 했다. 부랴부랴 영어 학원에 다니는 쪽과 단호하게 귀찮아하는 쪽이 있었고 나는 후자였다. 안정적인 일자리가 어떤 지경의 안정을 줄 수 있을 거라는 기대가 없었다. 당시 나는 어쩌자고 무척 순진했기 때문에…… 좋아하는 것을 하고 사는 것이 궁극적인 '안전'이라 믿었던 것이다.

한 아이가 느닷없이 스커트 정장에 번 헤어를 하고 학교에 나타났다. 아나운서 학원에 다니는 모양이라고 했다. 그러나 어쩐지 당사자는 그런 얘기를 스스로 하는 법이 없었다. 문학에 순정하지 못한 태도를 우리가 얼마나 멸시했던가. 방송국에 취직하고 싶어서 문예창작학과에 왔다는 신입생의 당찬 발언을 얼마나 희극적으로 해석해 왔던가.

그러나 나는 4학년 2학기의 초조함에 완패하여 그게 무슨 일인지도 모르는 채로 방송국 구성작가 아카데미에 등록했다. 매우 비극적인 처지임에 분명했다. 울타리의 권태를 향해 귀여운 발길질이나 하던 토끼가 사냥터로 나가게 되었다고 생각해 보라.

문예창작학은 국문학에 비해 글쓰기 '기술'이나 배우는 변종 학문 취급을 받지만, 이 '기술'은 기초적인 교양에 포함되기 때문에 직업적 확장이 전혀 되지 않는 '기술'이다. 코에 붙이면 코걸이가 되고 귀에 붙이면 귀걸이씩이나 되겠지. 그런데 애초에 그걸 어디다 붙여 볼 계획이 없던 자에게는 새로운 신체 기관이 되어 버린 불편한 쇠꼬챙이일 뿐. 방송작가 아카데미에서도 문학은 여섯 번째 손가락인 척 손끝에 붙은 쇠꼬챙이였다.

문제는 내가 이 불편한 쇠꼬챙이를 소중히 아꼈다는 것에 있다. 그 덕에 나는 아카데미 수업에 적응하지 못했다. 1회차 수업을 듣고 알게 되었다. 나의 미래가 위태로운 상태에 처해 있다는 것을. 어떻게든 되겠지, 하는 낙천적인 태도보다 어떻게 되어도 상관없다는 초월적인 마음가짐만이 이 세계의 나를 견디게 해 줄 것이라는 사실을. 수업료를 곧바로 환불받았다. 이번 삶은 남들과 비슷한 범주 내에서, 그러니까 멀쩡한 몰골로 살아지지 않을 것이라고, 쇠꼬챙이를 보면서 예감했다.

나는 미래에 대한 밑그림을 그리지 않지. 나는 청사진을 모르지. 그런데 바라지 않는다는 것은 바라는 게 없다는 말과는 조금 다르다. 물질적인 것에 있어서는 확실히 다르다. 어쩐 일인지 '바라지 않음'을 훈련하다 보니 정말로 바라는 것이 사라지기도 했다. 내 삶을 긍정하기 위한 나름의 방책이었는데 내 삶을 긍정할 수 있게 되었는지는 잘 모르겠고 아무튼 그냥 아무 생각이 없어졌다. 최소한의 욕망만을 남겨 두었더니 덩달아 최소한의 생각만 가능하게 된 것이다. 나의 영혼은 순진한 속물이었던 게 분명하다.

생각의 소멸은 전혀 예상하지 못한 것이어서 이후 다가온 온갖 기로의 순간, 번번이 나를 미궁에 빠뜨렸다. 선택하지 않는 태도를 선택한다는 것은, 계획 없음의 계획을 따른다는 것은, 야속하게도 더 많은 선택과 계획을 요구하는 삶으로 진입하는 일이었다. 세속적 욕망을 최소화한다고 해도 내가 속한 세계와의 긴장 관계에서 완전히 벗어나게 되는 것은 아니기 때문이다. 무계획으로 살아남기 위해 결과적으로 더 많은 계획이 필요했다.

눈앞에 펼쳐진 무수한 문들 중에 어떤 문을 열고 들어갈 것인가의 기로에서 어떤 문을 열어야 탄탄대로가 펼쳐질 것인가 남들이 신중한 고민에 잠길 때, 무계획자들은 모든 문을 다 돌려 보고 열리는 문으로 망설임 없이 들어간다.

나는 각종 아르바이트를 전전했다. 열리는 문이 둘이면 두 개의 문으로 들어갔고 다섯 개의 문이 열리면 다섯 개의 문으로 들어갔다. 우아한 표현으로는 프리랜서가 된 것이다. 등단을 하고 나서 입장이 달라지기는커녕 더욱 공고히 무계획자가 되었다. 조바심에 말해 두는 건데 나는 불평하려는 것이 아니다. 사실 불평하고 있는 것인지 아닌지도 잘 모르겠다. 생각 없음이란 바로 이런 경지.

그나마 재미를 붙였던 일 중 하나는 단순 반복 노동이었다. 두꺼운 인쇄물의 오탈자 위에 하루 종일 스티커를 붙였다. 오탈자 페이지 목록을 들여다보지 않고 손대중만으로 곧장 해당 페이지를 펼칠 만큼 나는 적격이었다. 왜냐하면 그 일은 아무 생각이 없어야 잘 할 수 있는데 나는 아무 생각 없는 것을 잘 하니까. 벨트 컨베이어에 실려 떠내려 오는 무심한 사물들처럼 반복적인 리듬에 올라타는 것이 나의 재능이군. 학교나 학원에서 배우지 않고 스스로 깨우친 빛나는 재능이다. 그런데 그것이 잘하는 일 중에 하나라고 생각하자 무엇이든 더 잘하는 나를 바라게 되는 게 아닌가. 무언가 바라자 생각이 작동했다. 월급 130만 원짜리 정규직 일자리를 얻었고 한동안은 잘 살고 싶다는 마음에 매달려 지냈다.

내가 어떤 일의 전문가가 될 수 있다고 믿으면 미래를 구체적으로 꿈꿀 수 있었다. 어쩌면 멀쩡한 몰골의 전문가이면서 시도 잘 쓸 수 있을 것이다. 더할 나위 없지. 그러나 몇 년 지나지 않아 나는 직장을 그만두었다. 내가 알기로 희망은 매우 건강한 것이었는데, 내가 희망과 함께 얻은 것은 갖은 현대병과 연속된 야근으로 피폐해진 인간관계.(나 자신과의 관계도 포함한다.)

어느 날에는 땅이 솟구쳤다. 마주 오는 사람이 호주머니에 찔러 넣은 손이 날카로운 것을 쥐고 있을 것 같았다. 그것을 꺼내 나에게 휘두를 것이다. 나는 가던 길을 멈추고 벽에 등을 붙인 채 땀을 뻘뻘 흘렸다. 그럼에도 기어이 울면서 출근했다. 온종일 아무 일도 벌어지지 않았다. 다음 페이지를 펼쳐도 같은 페이지. 바라지 않고 계획하지 않고 생각하지 않는 자리로 돌아가지 않으면 정말로 처참한 몰골이 될지도 모른다는 위기감이 들었다.

한 인간의 삶을 책이라고 할 수 있다면 이 책에는 도무지 기승전결이 없다. 인간 너무 오래 사는 것 같지 않아? 이번 삶은 망한 것 같지 않아? 하고 주로 말하는 자는 나다. 망하자. 같이 망한다면 괜찮지 않을까? 사랑하는 사람이 생길 때는 이런 식의 변주도 가능하다.

유튜브를 해야 할까, 친구들에게 물었다.

"유튜브라……."

그러거나 말거나 알아서 하라는 듯이 A가 대꾸했다.

"야, 정신 차려."

B는 조소했다.

"나는 이미 비밀 계정으로 하고 있지."

C가 말했다. 우리는 각각 다른 이유로 깔깔 웃었다. 어떤 의미에서든 우리는 진심으로 웃고 있었다.

포기한 것들의 개수로 묶이는 세대 담론에 따르면 나는 삼포 세대다. 연애와 결혼과 출산을 포기한 상태. 그런데 포기라는 말에 좀 석연찮은 구석이 있다. 원하지 않았기 때문에 포기한 적도 없다는 말이 아니라 상상해 본 적이 없다. 상상이라는 것은 모름지기 현실을 투영하는 것이다. 팔자 좋게 사랑 타령이나 하려니 제대로 산 게 맞나 싶지만 나는 언제나 사랑을 쫓아다니는 것으로 존재 증명을 시도했다. 호감이 생기면 망설이지 않고 그의 주위를 얼쩡거리며 내가 보이니? 내가 보여? 온몸으로 티 냈다. 상대가 그래도 눈치 채지 못하면 나 네가 좋아, 자꾸 네가 보여, 하고 면전에 대고 말했다.

죽고 못 사는 연애 다음은 죽고 못 사는 연애. 그 다음은 또 죽고 못 사는 연애. 어쩌면 이렇게도 내 삶은 고이기만 할까. 앞으로, 하다못해 옆으로라도 나아가야 하는 것이 아닐까. 나는 성년이 되자마자 결혼이 하고 싶었다. 언제나 그랬던 것처럼 그것이 무엇인지는 잘 알지 못했다. 다만 혼자 죽을 결심이 생기지 않았다.

내가 생각하는 결혼은 서로의 죽음을 돌봐 주자는 약속 같은 것. 생활을 돌보는 것은 스스로 하더라도, 죽는 순간의 고독한 싸움을 지지해 줄 절대적 타인이 필요하다. 혼자서는 인간의 품위를 지켜 낼 자신이 없다. 정신적으로 퇴행했으며 신체적으로도 나약한 늙은이가 되고 싶지 않지만, 혼자라면 반드시 그렇게 될 것이었다. 나 자신 내면의 감시자 하나로는 부족했던 것이다. 이 고독한 싸움판에 가만히 서 있기만 해 준대도 기꺼이 상대를 위해 강인해질 마음이 있다. 그래서 결혼이 하고 싶었다. 어떤 끈끈한 우정도 나에게 그런 걸 약속해 주지 않았으니까.

"어디서 어떻게든 혼자 죽을 결심만 가능하다면 삶의 근본적인 문제들은 홀가분해져."

먹고사는 문제에 대한 이야기를 나누다가 좋아하는 선배에게 이런 말을 들었다. 자살을 조장하는 말일 리 없고(엄밀히 말하자면 그런 것이어도 상관없지만.), 좋은 곳이 아니라 어디든 같고, 잘 사는 것이 아니라 어떻게든 살고,

여럿 안에서도 존재의 무게는 같으니 혼자여도 괜찮고, 살아 있는 것에 벌벌 떨지 않았듯 죽음에도 호들갑스럽지 않으면 된다는 말인 것을 안다. 그런데 마음의 절간에서 울려 퍼지는 목탁 소리에 언제까지 꾸벅꾸벅 졸고 있어야 하는 것일까. 잠은 이제껏 충분히 많이 잔 것 같은데…….

그간 내가 사랑한 상대들은 모두 가난했다. 나도 마찬가지다. 마음은 그렇지 않았지만 누구도 결혼에 대해 먼저 이야기하지 않았다. 이쯤 돼서 결혼을 해야 할 것 같으면 자연스럽게 헤어졌다. 그렇게 헤어진 애인의 머릿수 세기를 포기할 무렵에도 사랑에 빠짐과 동시에 결혼을 생각하는 부끄러운 버릇 자체는 버리지 못했다. 이로 인해 알게 된 것들이 있다.

죽을 것 같은 슬픔에도 죽지 않지.

미칠 것 같은 그리움에도 미치지 않지.

사랑은 흔해 빠졌다는 사실이다. 나는 이 사실을 바탕으로 연애를 건너뛰기로 했다. 곧장 결혼하기로 한 것이다. 단조로운 플롯에 변주가 필요하다. 할 일이 너무 없는 나머지 이 책을 읽어 주고 있을 사람이 있다면 그가 더 이상 참지 못하고 책을 덮어 버리기 전에.

마음에 드는 사람이 생기면 데이트 신청을 하는 대신

결혼하자고 말했다. 그러다 한 사람이 기꺼이 응했고 열리는 문으로 들어가듯이 결혼하게 되었다. 사랑을 그만두었냐고 묻는다면 대답하기 까다롭다. 하지만 아직도 같은 사랑을 하냐고 묻는다면 그건 아니라고 할 수 있다.

살림살이로 우리가 가장 먼저 구입한 것은 석가의 머리. 장바구니에 부처님 머리를 넣으면서 둘 중 한 사람이 불교도인 것도 아닌데 왜 필요한 것의 목록에 불상이 있었는지 누구도 의아해하지 않았다. 아주 예뻐서 보기에 좋았기 때문이다. 인테리어에 안성맞춤이었다.

아무리 촘촘하게 미래를 계획한다고 해도 그것과는 무관하게, 철저히 무관하게, 내 삶은 어디로든 흘러가겠지. 어쩌다 무언가를 성취할 수 있게 된다고 하더라도 그것 역시 내가 원하던 것이 아닐 뿐더러 의도와는 전혀 상관없는 방식으로 이루어질 것이다.

감당할 수 없을 만큼 넉넉하게 남아 있는 시간의 표면 위를 둥둥 떠가는 거야. 해초처럼 부드럽게. 내가 너의 죽음을 지켜볼 수 있고 네가 나의 죽음을 지켜볼 수 있는 자리에서. 일하지 않고 일하며. 사랑하지 않고 사랑하며. 그럴 수 있을까? 그런 삶의 형식을 우리가 발명할 수 있을까?

3부

물결치는 너의 얼굴 보고 싶다

흰 종이, 거의 검은 종이에 가까운 흰 종이

어젯밤은 한 문장이다.

더러는 하루가. 이따금 일주일.

종종 한 달도. 한 계절마저.

냉담하게도 한 사람이.

한 사람이 한 문장으로 요약될 때, 나는 내가 잘 살고 있는지 의심한다. 지난밤 침대에 누운 채로 다섯 시간을 뒤척였다. 봉두난발을 풀어헤친 잠이 처녀 귀신처럼 눈앞에 바짝 다가와 있다는 듯이, 눈꺼풀을 꾹 닫은 채로. 도미노를 세우는 마음으로. 지금 눈뜨면 완성하지 못한 잠의 테두리가 와르르 넘어질 거야. 거의 다 왔을 거야. 잠은 코앞에 와 있을 거야. 그러니까 눈 마주치면 안 돼. 그렇게 밤을 꼬박 샜다. 잠을 기다리는 다섯 시간 동안 경미를 생각했다.

경미는 열한 살 내내 붙어 다녔던 친구다. 우리가 다녔던 초등학교는 아파트 단지 내에 있었다. 거의 모든 친구들은 엎어지면 코 닿을 거리에 집이 있었고 아파트에 살았다. 경미와 나는 그렇지 않았다. 우리는 실내화 주머니를 빙글빙글 돌리면서 학교와 친구들이 살고 있는 아파트 단지를 빠져나왔다. 걸어서 2, 30분 걸리는 하굣길이 우리 일과의 마지막이었다.

경미와 내가 사는 동네에는 무당집이 많았다. 어른들은 신 모시는 집이라고 불렀다. 교회 또한 많았다. 낮에도 붉은색 십자가는 꺼지지 않았다. 그러나 교회에 사람이 드나드는 것을 본 적은 없다. 무당집도 마찬가지였다. 정말이지 사람은 없고 오로지 신만이 사는 곳 같았다. 세상에 이렇게 많은 신이 있다는 것을, 신들이 우리 동네 골목에 모여 산다는 것을, 우리가 신들과 같은 번지수를 쓴다는 것을, 우리는 한 번도 이상하다고 여기지 않았다. 그것은 경미와 나에게 일상적인, 앙상한 가로수들이나 슈퍼마켓 간판과 같이 일상적인 풍경이었기 때문이다.

사실은 경미에 대해 이야기하려 해도 이것 외에 기억나는 것이 별로 없다. 어차피 경미 이야기를 하고 싶은 것도 아니다. 나는 경미를 생각했지만, 그 애와의 1년이 몇 가지 떠오르지 않아서, 그냥 경미가 잘 살았으면 좋겠다고 다섯 시간을 빌었다. 아는 말이 없어서 인사를 건네는 사람에게 'Fine, thank you.'만 반복하는 안부의 벙어리처럼. 일진 사나운 날에도, 종일 절망적인 날에도, 좋다고 대답할 수밖에 없는 기억의 이방인처럼. 나는 경미를 잊었으니까.

그러니까 경미의 긴 생머리, 몇 갈래로 뭉쳐져 있던 기름진 머리카락, 두 명의 남동생, 경미의 낮은 책장에 꽂혀 있던 몇 권 되지 않는 책들의 너덜거리는 표지, 왜 이토록 단편적인 것들만이 경미인가.

경미는 책을 좋아했다. 같은 책을 하도 많이 읽어서 멀쩡한 책이 없었다. 나는 그 애에게 이미 내용도 다 아는 책이 지겹지 않냐고 물어본 적이 있다.

"읽었던 걸 또 읽어도 재밌어? 다 아는 건데도? 책이잖아? 책인데?"

집에 놀러온 나를 크게 아랑곳하지 않고 경미는 책만 읽었다. 나는 그게 섭섭해서 경미를 책벌레라고 불렀다. 벌레라는 단어를 끔찍해할까 봐 조마조마했다. 다행히 경미는 내가 붙인 별명을 싫어하지 않았다.

경미는 머리카락이 늘 기름져 있었다. 샴푸 뚜껑의 펌프를 반의 반만 눌러 쓰기 때문이라고 했다. 펌프를 두 번 세 번 꾹꾹 눌러 쓰던 단발머리의 나는, 내가 틀린 것일까 봐 경미를 왕소금이라고 놀렸다. 경미는 내가 붙인 별명을 싫어하지 않았다, 그때에도.

"엄마가 아껴야 잘 살 수 있대. 나는 잘 살고 싶어."

내 기억에 따르면 경미는 잘 살고 싶다고 말했다. 그러니까 경미가 잘 살았으면 좋겠다. 경미의 집이 가난했건 딱히 그렇지 않았건 그건 중요하지 않다. 그리고 자신을 책벌레나 왕소금 같은 별명으로 불렀던 나를 기억하건 까맣게 잊었건 그것 역시 중요하지 않다. 나 역시 한 문장으로, 혹은 한 단어로, 아니면 아주 말끔히 사라졌을 것이다. 중요하지 않다. 그때의 우리는 사라졌으므로.

장기 미제 사건을 모아 놓은 웹페이지를 읽었다. 무엇인가 사라진 사건이 대부분이었다. 돈 가방이 사라지거나 불상이 사라지거나 사람이 사라지거나 범인이 사라지거나. 어린 경미와 내가 사라졌듯이, 검은 종이 밖으로 의미가 걸어 나갔듯이, 울타리를 넘어간 발목이 있었다.

한동안은 실종 사건 플롯에 사로잡혀 지냈다. 늘 여기 있던 사람이 여기 없게 되는 과정만큼 신비로운 드라마가 없었으니까. 감쪽같이 자취를 감추고 생사를 확인할 수 없게 된 자의 삶이 울타리 너머에서 천연덕스럽게 이어지고 있을 것을 생각하면 묘한 공포심에 마음이 떨렸다. 실종을 다룬 영화와 소설을 열심히 찾아 읽었다. 전봇대에 붙여 둔 전단지들도 빠짐없이 읽었다. 갈색 푸들, 하얀 말티즈, 치매 노인, 청각장애를 가진 아들의 보청기를 찾는다는 전단지를 보았다. 인적 드문 공원 갈대밭에서 발견된, 변사체의 신원을 찾는다는 전단지도 있었다. 신원을 확인할 수 없을 정도로 부패가 심한 시신이라는데 생전의 웃는 얼굴까지 가상 복원해 그려 놓은 전단지였다. 죽어서 발견된 자가 자신이 누군지 찾고 있다며 환하게 웃고 있었다.

그 전단지를 본 이후 며칠은 내가 별안간 실종될까 봐 벽을 짚고 다니기도 했다. 흰밥을 꼭꼭 씹듯이, 나를 놓치지 않으려고 힘주어 걸었다. 일상적으로 왕복하는 코스마다 밧줄을 걸어 놓을 수 있었더라면 나는 그것을 붙잡고 다녔을 것이다. 미궁에 빠지는 일은 간단하다. 내가 나의 몇 가지 주요한 기억만 잊어도 나는 나를 실종시킬 수 있다.

실종이라는 낱말 속에 적어도 두 사람이 있다는 사실을 깨닫게 된 것은 식탁 위 전기요금 고지서 때문이었다. 80년대에 실종된 두 아이의 사진이 실려 있었다. 이제는 아이들이 아니겠으나 여전히 아이인, 미아로 남은 얼굴이다. 누군가를 찾아다닌 30년을 한 문장으로 요약할 수는 없을 것이다. 그러나 실종된 아이들의 특징이 몇 가지 단어들로 요약되어 있었다. 그렇다면 손목 화상 자국이나 넓적다리 푸른 반점으로 30년을 요약해야 할 때, 그 무너지는 마음은 뭐라고 축약할 수 있을까.

여전히 기다리는 사람이 있다. 돌아오리라 믿고 기다리는 사람이.

없는 것을 사라진 것이라고 부를 때는, 다시 만나지 않아도 좋다는 작별인데.

실종은, 기다리는 자의 응시이고, 포기하지 않는 자의 예고이다.

전봇대에 덕지덕지 남은 테이프들이 흰 종이를 밀어내고 만들어 낸 검은 여백을, 누군가 서서 오래오래 귀 기울이고 있다.

뿔과 뿌리

친구의 이마에 알 수 없는 혹이 생겼다. 혹은 말랑말랑했는데 만지면 손끝이 불쾌했다.

"아프지는 않아. 보기 흉할 뿐이지."

친구가 말했다. 혹은 날이 갈수록 점점 자랐다. 내가 겨우내 창가에 방치해 둔, 죽었다고 여겼던 화분에서 싱그러운 실오리가 솟아오르기도 했다. 봄이었기 때문에 그럴 만했다. 그러나 봄인 것과 아무런 상관없이, 친구의 혹은 솟아오르는 게 아니라 점점 면적을 넓혀 갔다. 일조량과 강수량은 혹의 성장과는 무관했다.

"얼굴을 다 뒤덮기 전에 병원에 가 보자."

"그래, 그러려구."

울상이 된 친구를 다시 만난 것은 한 달쯤 뒤였다.

"원인을 알 수 없대. 정체를 모른대."

친구는 안 가 본 병원이 없다고 했다.

인간의 몸에서 벌어지는 일 중에 인간의 지능이, 인간의 의학이 규명할 수 없는 일들은 의외로 많으니까. 인간의 몸도 우주의 일부라면 우주의 속셈을 못 따라가는 건 어쩔 수 없는 일 아니냐.

나는 친구를 위로하기 위해 우주까지 손대야 했다. 혹을 작게, 더 작게 여길 수 있도록 하려는 시도였다. 다행인 건지 친구에게는 한 달 사이 새로운 버릇이 생겼다. 말을 할 때도, 밥을 먹을 때도, 번화가를 두리번거리고, 울고 웃을 때도, 양손 중에 한 손이 놀고 있다면 언제나 혹을 만지작거리는 버릇이었다.

"아프지는 않아. 자꾸 만지게 될 뿐이지."

친구는 어느새 혹을 정성스레 키우고 있는 것처럼 보였다. 소설 속의 소설, 영화 속의 영화처럼, 인간에게 잉태된 또 다른 인간처럼 보였다. 어쩌면 혹이 친구의 전체가 된 것일지도 몰랐다. 친구를 좋아했듯이 나는 혹이 된 친구 또한 마음에 들었다.

공강 시간에는 혹과 오므라이스를 사 먹었다. 때때로 수업을 제끼고 혹과 노래방에 갔다. 혹과 나는 유머가 잘 통하는 편이었다. 밤마다 침대에 드러누워 혹과 통화를 했고 주말에는 가끔 미술관에 갔다. 혹과 나는 과천에 있는 백남준아트센터를 좋아했다. 샬롯 무어만이 비디오 브라를 착용하고 첼로를 연주하는 장면은 혹이 특히나 좋아하는 영상이었다. 혹의 취향이 친구의 취향과 조금 다르다는 것에 나는 점차 적응해 갔다.

친구는 수술대 위에서 과연 내가 혹이 없이도 멀쩡히 살아갈 수 있을까 가늠해 보았다. 당장이라도 자리를 박차고 싶은 생각이 굴뚝같았다. 그러나 어쩔 수 없었다. 이미 수납을 마친 비용과 창피함을 무릅쓰고 전전했던 진료실의 기억들, 무엇보다 자신을 고스란히 되돌리기 위해서는.

"뿌리가 깊었어. 뿌리가 너무 깊어서 혹을 뽑아내다가 내가 다 뽑히는 줄 알았어."

친구는 울먹였다. 나도 그런 적이 있는 것 같았다. 손톱가의 거스러미를 뜯다가 끝이 나질 않아서 내가 다 뜯어질 것 같았던 적. 내가 다 벗겨질 것 같았던 적. 엄마는 과도로 꼭지 근처를 한 번 탁 치고서 처음부터 끝까지 끊어지지 않게 사과를 깎곤 했다. 거리의 낙엽들은 때때로 돌개바람을 그리며 빙글빙글 떠올랐다. 나는 그런 장면들을 알고 있었다.

"뿌리가 하도 깊어서 실습생들이 보고 갔다니까. 담당의도 이런 건 처음 본댔어."

사람들이 몰려와서 나의 친구를, 혹을 구경하고 갔다고

했다. 나도 보고 싶었다. 혹의 전체와 혹의 뿌리를. 혹과 초면인 사람들은 함부로 볼 수 있었던 것을, 혹과 밀접한 시간을 보낸 내가 볼 수 없다는 것이 납득되지 않았다.

"이제는 매끈매끈해. 잘 아물었어."

친구는 더 이상 말하고 싶지 않아 했지만 나는 혹에 대하여 더 듣고 싶었다. 피부 바깥으로 완전히 모습을 드러낸 혹의 색깔과 형태, 감촉을 충분히 묘사해 주었으면 하고 바랐다.

"생각하고 싶지 않아. 너무 징그러웠어."

친구에게 여지가 보였다면 나는 온갖 아첨과 회유를 동원하여 혹에 대해 캐물었을 것이다. 그러나 그럴 수 없었다. 친구는 단호했고 내가 과거의 연인을 잊지 못하기라도 한 것처럼 혹의 소식을 궁금해하는 것을 불편해했다. 더 이상 혹을 매만질 필요가 없었으므로 친구의 양손이 자유로웠다. 가끔은 내 등짝 어디를 때리면서 웃고, 양손의 가운뎃손가락을 치켜올려 두 배 더 모욕적인 메시지를 전하기도 했다. 예전처럼 즐겁지는 않았다. 나는 여전히 내가 보지 못한 그것만을 보고 싶었다.

친구는 언제 자신에게 그런 흉물스러운 것이 있었냐는 듯이 혹을 잊었다. 나는 점심을 굶고 하늘을 올려다보는 날이 많았다. 오므라이스는 진작 입에 물렸다. 수업을 제끼더라도 친구와 노래방에 가는 식으로 시간을 때우지 않았다.
우리는 자꾸 어긋났다. 사소한 오해였더라도 들불처럼 화가 치솟았다.

"너 달라진 것 같아."

나는 결별을 선언했다.

"네가 왜 그러는지 알아. 하지만 말할 수 없어. 그건 너무 징그러웠으니까."

우리는 결별을 받아들였다.

나는 무엇과 헤어진 것일까. 내가 사랑했던 것들은 무엇이었을까.

특별한 등

발을 굴렀다. 가슴을 치기도 했다. 열심히 말하고 있었지만 입보다 손발이 더 분주했다. 허공을 떠받친 것처럼 손바닥을 펼쳐 보이기도 하고 펼친 손바닥을 위아래로 흔들기도 했다. 이 많은 동작들은 아마도 내가 하고 있는 말이, 열심히 말하고 있는 것과는 상관없이, 제대로 통하지 않고 있다는 뜻이다. 혼자라는 뜻이다.

지금 앉아 있는 같은 벤치에서 똑같은 감정에 휩싸여 본 경험이 있었다. 함께라는 오해 때문이었다. 여름에는 반바지 밑으로 드러난 고소한 정강이에 모기들이 달라붙었다. 집으로 돌아와 정강이를 벅벅 긁을 때에야 나는 내가 얼마나 혼자 몰두하고 있었는지 알아차렸다. 울긋불긋한 정강이를 가졌다는 것은 여태 혼자였다는 증거다.

겨울에는 발가락이 꽁꽁 얼어붙었다. 오랫동안 방치된 빈집의 사물들 같았다. 신발 속의 발가락을 꽉 오므렸다가 풀기를 반복하도록 대화가 끝나지 않았다. 너도 혼자였기 때문이다. 야외의 악천후 속에서 누구보다 열심히 말하는 혼자들이었다. 그럼에도 불구하고 열심히 말하고자 한 이유는 특별한 게 아니다. 왜냐하면 나는 언제라도 말을 할 줄 아는 사람이었기 때문이다.

특별한 등을 처음 만난 건 북적이는 술자리에서였다. 여러 사람들과 함께였으나 단 한마디도 하지 않았다. 혼자였기 때문이다. 누군가 나에게 이런저런 질문을 던지기도 했는데 대답하지 않았다. 언제라도 말을 할 수 있지만 그렇기 때문에 오히려 지금 말할 필요는 없는 것이다. 혼자였기 때문이다. 천장이 높았다. 지하 홀의 소리는 천장에 달라붙어 오도 가도 못하는 파티 풍선들처럼 뒤죽박죽이었다. 조용히 자리에서 일어섰다. 내가 먼저 일어선다 해도 누구 하나 섭섭해하거나 신경 쓰지 않을 것이다. 혼자였기 때문이다.

그러나 사람들은 살아서는 다시 만나지 못할 인연이라도 보내는 것처럼 소매를 붙잡고 감정의 근거도 없이 늘어질 것이다. 모두 혼자이기 때문이다. 실제로는 아무도 궁금해하고 있지 않을, 내가 지금 가야만 하는 이유를 설명하기 위해 쩔쩔매고 싶지 않았다. 무척 혼자이기 때문이다. 영향력 없는 나에게 쏟아질 영향력 있는 말들을 견디고 싶지 않았다. 몹시 혼자이기 때문이다. 화장실에 가는 것처럼 일어나 슬며시 가방을 챙겼다.

아직 지하철이 있을까. 빠른 걸음으로 걸었다. 생각과 함께였다. 같은 방향으로 걷고 있는 뒷모습이 보였다. 혼자의 뒷모습이었다. 짙은 밤색의 외투가 낯익었다. 방금 벗어난 술자리에서 빈 의자에 걸쳐진 외투를 망연히 바라본 기억이 떠올랐다. 같은 자리에서 빠져나온 사람이 틀림없다. 먼저 자리에서 일어난 사람은 나 혼자인 줄 알았는데.

특별한 등을 바라보며 지하철역을 향해 걸었다. 특별한 등은 고개를 푹 숙이고 있었다. 떨어뜨린 자신의 코를 줍기 위해 열중하는 사람처럼 보였다. 생각도 없이 혼자인 것처럼 보였다. 걸음이 빠른 내가 특별한 등을 거의 다 따라잡았을 때, 특별한 등은 고개를 들었다. 그러고는 나를 알아보았다. 우리는 불성실한 인사를 나눈 후 얼떨결에 함께했다.

지하철역 입구에 도착했을 때는 막차가 아슬아슬한 시간이었다. 뛰어서 겨우 막차를 탔다. 우리 중 누구도 먼저 입을 열지 않았다. 언제라도 말을 할 줄 알았기 때문에 지금 말할 필요는 없었다. 그 사실을 특별한 등도 아는 듯했다. 어색하거나 불편하기보다는 자연스러운 혼자였다.

나는 아마도 같은 직장에 다니고 있을 것이며 같은 자리에서 회식을 마치고 귀가 중인 것이 분명한, 두 명의 남자를 번갈아 바라보고 있었다. 두 명의 남자는 마주 보는 좌석에 떨어져 앉아 있었음에도 불구하고 함께였다. 지금 하지 않으면 안 되는 이야기가 있는 것처럼 목소리를 높여 대화를 나누고 있었기 때문이다. 서 있는 승객들 사이로 고개를 요리조리 움직여 가며 꿋꿋이 함께였기 때문이다.

문득 특별한 등을 너무 혼자 내버려 둔 거 아닌가 싶어서 무슨 말이라도 건네려고 그를 바라보았을 때, 특별한 등의 눈동자가 두 남자의 대화를 좇아 탁구공처럼 핑퐁거리는 것을 보았다. 안심이다. 나와 같았다. 우리의 대화는 아니었지만 우리의 대화인 것이나 다름없었다. 우리 또한 대화의 일부로 함께하고 있었으니까 말이다.

둘 중 한 남자의 옆 자리가 비었다. 남자의 맞은편 동료는 냉큼 달려와 빈자리에 앉았다. 먼 함께가 드디어 가까운 함께가 되었구나. 진정한 함께가 된 것이다. 그러나 그 생각은 성급한 것이었다. 그들은 가까워지자마자 대화를 중단하고 기꺼이 혼자가 되었기 때문이다. 둘 중 한 남자는 호주머니 속에서 휴대폰을 꺼내어 만지작거렸고 나머지 한 남자도 곧바로 잠들어 버렸다. 나는 웃음을 터뜨렸다. 특별한 등도 웃고 있었다. 우리는 함께 웃고 있었다.

특별한 등과 나는 그날 이후 자주 만나 함께했다. 이따금 혼자라는 생각이 들었지만 함께라는 생각에 압도될 때가 훨씬 많았다. 우리는 음악 속에 있었다. 내가 흥얼거리면 특별한 등이 흥얼거림 속으로 뛰어들었다. 특별한 등이 음악을 틀어 놓으면 내가 그 음악 속으로 뛰어들었다. 사람이 음악을 좋아한다는 사실이야말로 사람에게 남은 마지막 동물일지도 몰라. 내가 말했다. 사람의 악기와 사람의 노랫소리가 인간에게 남은 마지막 동물이구나. 특별한 등이 동조했다. 우리는 대화 속에 함께 있었다. 놀랍도록 취향이 일치했다.

그 영화를 좋아하는 사람은 나 말고 처음 봐. 그 밴드를 알고 있는 사람은 나 말고 처음 봐. 나는 너를 알아보았지. 내가 먼저 너를 알아보았지. 나는 언제라도 말을 할 줄 알았는데, 이런 완벽한 대화를 할 수 있을 것이라곤 상상하지 못했다. 내 말이 그 말이라니까.

그러나 함께라는 느낌은 점점 더 희미하고 복잡한 대화 속에 특별한 등을 초대하도록 부추겼다. 그 무렵 특별한 등도 점차 알아들을 수 없는 소리를 시작했다. 그러니 내가 얼마나 오랫동안 특별한 등과의 함께 속에서 만족했는지 늘어놓을 필요는 없을 것이다.

중요한 것은 얼마 가지 않아 내가 발을 굴렀다는 것이다.

가슴을 치기도 했다는 것이다. 혼자였기 때문이다. 열심히 말하고 있었지만 입보다 손발이 더 분주했다. 손짓과 발짓을 동원해 가면서까지 복잡하고 희미한 느낌 속으로 특별한 등을 데려가려 했다. 혼자였기 때문이다.

특별한 등이 고백했다.

"왜 함께 있어도 함께 있는 것 같지 않을까."

나는 고백했다.

"왜 더 이상은 설명할 수 없을까."

어딘가에 갇힌 사람들처럼 우리는 각자의 벽을 주먹으로 쿵쿵 두드리고 있었다. 그때 공원을 지나가는 행인이 흥얼흥얼 유행가를 불렀다. 우리는 그만 아무렇지도 않게 뒷소절을 따라 부르고 말았다.

점과 백

고양이 울음소리가 들렸다. 보이지는 않았다. 공원에 고양이가 있다는 게 놀랄 일은 아니다. 동물은 자신이 모습을 드러내고자 할 때를 제외하곤 대개 사람의 눈에 띄지 않는다.

친한 친구가 키우는 회색 고양이도 집 안의 사각지대에서만 살았다. 가전제품 수리 기사나 가스 검침원들은 그 집에 고양이가 산다는 사실을 꿈에도 모를 것이다. 그 집에 자주 드나들던 나 역시 잘 몰랐으니까. 친구의 고양이는 옷장 서랍 속에 잘 포개져 있다가 티셔츠와 함께 튀어나올 때도 있었고 냉장고 위에 잿빛 먼지처럼 조용히 쌓여 있을 때도 있었다. 간혹 그가 자신의 모습을 드러내기를 원할 때에도, 친구는 그것이 마치 소파의 일부나 카펫의 문양처럼 느껴진다고 했다.

친구는 내게, 이 은닉의 천재로 인한 기절초풍의 일화를 들려줄 때가 종종 있었다. 네가 같이 살고 있는 건 고양이가 아니라 고양이를 키우고 있다는 오해일지도 몰라. 오해라는 반려. 나는 웃었다.

그러나 모르는 건 아니다. 보이는 게 다는 아니라는 걸. 그렇게 생각하는 사람이라면 둘 중에 하나라는 걸. 멍청한 자이거나 도통한 자. 나는 속인에 불과해서 눈에 보이는 존재만 믿고 그러지 않는다. 야옹하는 소리가 들렸다는 건 보이지 않지만 이곳 어디 고양이가 있다는 것이다. 자동차 밑에. 주차된 차가 한 대도 없다고 한다면 나무 위에. 나무가 한 그루도 없다고 한다면 구름 뒤에. 구름 한 점 없는 날씨라면 행인의 불룩한 가슴속에. 아무도 없다고 한다면 한 발 물러선 정물과 같이. 그들은 은닉의 천재니까. 게다가 공원이잖은가. 공원은 무수한 '몸'으로 언제나 총천연색이다.

나는 공원에 사는 네 마리의 고양이를 이미 알고 있다. 모두 같은 무늬를 지어 입은 걸로 보아 한배일 것이다. 공원의 산책자들에게는 인기 만점의 귀염둥이들이기에, 고양이를 위한 밥그릇과 물그릇은 언제나 넉넉히 차 있었다. 그때 들려온 울음소리도 덤불에 몸을 감춘 네 마리 중 한 녀석의 소리가 아니겠는가.

산비둘기가 뒤뚱거렸다. 가까이 다가갔더니 슬금슬금

자리를 비켜 주었다. 야옹하고 울었다. 아니 잠깐. 내가 뭘 들은 거지? 비둘기가 야옹야옹 소리를 내고 있었다. 비둘기가 내는 소리가 분명했다.

네가 먹은 것이 너 자신이라는 말. 그때 그 말을 왜 떠올렸을까. 나는 그날 저녁 고등어조림과 꽈리고추볶음, 검은콩밥을 먹고 흰 우유 한 잔을 마셨었다. 나의 반나절을 사람으로 작동하게 하는 것이 고등어와 꽈리고추와 검은콩과 벼와 소의 젖이라는 걸까. 나의 혈액 속에, 근육과 세포 속에, 고등어와 꽈리고추와 콩과 벼, 그리고 소의 죽음이 흐르고 있다는 것을 알고나 있으라는 걸까.

계급에 대한 이야기인가. 그런 것은 모르겠다. 문득 비둘기가 고양이 사료를 주워 먹던 장면이 떠올랐을 뿐이다. 고양이 밥그릇이 있는 곳에 가 보았다. 산비둘기 대여섯 마리가 밥그릇 주위를 둘러싸고 있었다. 야옹거리며 사료를 먹고 있었다. 내가 가까이 다가가자 슬금슬금 자리를 비켜 주었다.

나는 밥그릇을 자세히 들여다봤다. 개미가 우글거리고 있었다. 나뭇가지를 집어 사료를 휘저었다. 개미들이 뿔뿔이 밥그릇을 빠져나갔다. 개미가 야옹거리고 있었다.

가족이라면 하루 한 끼 정도를 꼭 같이 먹어야 한다는 게 아버지의 고집이었다. 스무 살이 되기 이전까지는 그렇게 했다. 각자의 귀가 시간이 달랐기 때문에 우리는 어쩔 수 없이 아침을 함께 먹었다. 아침잠이 많은 나는 무엇을 밀어 넣고 있는지도 모른 채 꾸역꾸역 밥을 삼켰다. 나의 두 다리는 식탁 밑에서 흔들리고 있었지만 두 팔은 몽유병 환자처럼 꿈속을 서성였다.

네가 먹은 것이 너 자신이다. 그렇다면 나는 그 시절의 내가 누구였는지 도대체 알 수가 없다. 비둘기가 비둘기처럼, 개미가 개미처럼, 냉장고가 냉장고처럼 존재해야 하듯이 나는 나의 가족답게, 인간답게 말하고 생각했을까. 그것을 나라고 해도 괜찮을까. 곧 다섯 살이 되는 반려견이 점점 인간미를 완성해 간다. 나와 많은 것을 나눠 먹은 것이 원인일 수도 있다.

공원을 둘러본다. 야옹거리는 비둘기와 개미를 수상해하는 누군가가 있을지도 몰랐다. 그러나 사람들은 팔을 크게 휘두르며 공원을 빙빙 돌거나 훌라후프를 돌리는 일에 여념이 없다. 철봉에 끙끙 매달린 사람과 블루투스 스피커로 흘러간 유행가를 크게 틀어 놓은 사람도 있었다. 모두 각자의 소리를 만들고 있었다.

맹꽁이밭에서 꿀꿀거리는 소리가 울려 퍼졌는데 이 소리는 누가 듣고 있을까. 아무도 듣지 않는다면 없는 것이 될까. 야옹거리는 비둘기와 개미 또한 목격하지 않았다면 없는 일이었을 것이다.

내게 초월적인 심미안이 있다는 말을 하려는 것은 아니다. 나는 누구에게나 설명하기 어려운, 설명하려 애쓸수록 미치광이처럼 보이기 십상인 신비로운 일 하나쯤은 발생한다고 믿는다. 세상에 알리려 하거나 비밀을 지키거나, 각자 다른 선택을 할 뿐이다. 또 누군가는 웃을 것이다. 시 쓴다는 자들은 과학적 해석의 여지가 충분한 현상을 대할 때에도 자신이 원하는 만큼만 경험하려고 하며 그 생소한 수수께끼에서 의미를 이끌어 내려는 경향이 있다고 말이다. 그런 문제 제기에는 순순히 항복하겠다. 나는 과학과 수학이라면 언제나 바보 취급을 당할 준비가 되어 있다.

만약 언젠가
돌 하나가 너에게 미소 짓는 것을 본다면,

그것을 알리러 가겠니?[6]

6 외젠 기유빅, 이건수 옮김, 「만약 언젠가」, 『가죽이 벗겨진 소』(솔, 1995), 26쪽.

프랑스 시인 외젠 기유빅은 자신의 시에서 이와 같은 질문을 던진 적이 있다. 나는 이 질문을 삶의 태도처럼 지니고 다녔다. 돌의 미소를 알리러 가야 할지, 돌의 미소를 비밀에 부쳐야 할지 선택의 기로에서 한 발자국씩 옮겨 보기도 했다.

깨달은 것이 있다면 하나다. 돌의 미소를 알리려는 사람도, 돌과의 비밀을 지키려는 사람도, 이미 시를 쓰고 있다는 것. 돌이 당신을 향해 미소 지었다는 건 당신이 돌의 미소를 바라보고 있었다는 것이기도 하니까.

돌을 시로 바꾸어 말하면 좀 쉬울까. 만약 언젠가 시가 너에게 말을 걸어온다면 그것을 알리러 가겠니? 시가 당신에게 말을 걸었다는 건 당신이 시의 목소리를 듣고 있었다는 것이다. 귓구멍을 후비지 않고, 눈꺼풀을 비비지 않고, 자신의 삶에 벌어진 신비로운 사건에 경탄하면서.

나는 고양이 밥그릇 속에 고개를 밀어 넣고 허겁지겁 사료를 쪼는 비둘기와 일사불란하게 끼니를 해결하는 중인 개미를 봤다. 야옹야옹 울고 있었다. 어디선가 고양이가 숨어서 소리를 냈을 수도 있다. 그런데 왜 그렇게까지 내가 보고 들은 것들을 부정해야 하는가. 더욱 권태로워지기 위해? 세계의 별거 없음에 실망하기 위해? 공원의 둘레가 부드러운 고양이 털처럼 황금빛으로 출렁이고 있었다.

보고 싶어, 너의 파안
—유계영의 위시 리스트 1

위시 리스트를 작성해 보기로 한 까닭은 제게 무언가를 원하는 상태가 좀처럼 찾아오지 않기 때문이었습니다. 저는 웬만해선 바라는 것이 없습니다. 내가 어떻게 되어도 상관하지 않기로 했다는 뜻은 아니지만 나를 어떻게 해 보고자 애쓰지 않는다는 뜻입니다. 이 지경이 된 데에도 나름의 이유가 있습니다. 한 번만 건방지게 말해 봐도 될까요.

저는 인생의 결정적인 기작을 너무 일찍 눈치 채 버린 것 같습니다. 진땀 빼며 돌릴 때는 꿈쩍도 하지 않지 않던 밀폐 유리병이, 피클에 곰팡이가 피어, 버리려 할 때에나 맥없이 열렸던 일을 떠올려 보십시오. 인생은 그런 거 아닐까요. 삶의 결과들은 마음의 간절함이나 노력 여하와는 관계없는 거 아닐까요. 내가 간절하든 말든 일어날 일은 어떻게든 일어나는 거 아닙니까.

그러므로 저는 어떤 것을 원하기보다 어떤 것도 받아들일 자세를 만드는 게 행복의 핵심이라고 줄곧 생각해 왔습니다. 제가 만사에 심드렁해 보였다면 불만이 많아서가 아니라 관심이 없어서고, 매사 관심이 없는 건 무엇이든 받아들일 준비가 된 행복한 사람이기 때문에…….

그럼에도 위시 리스트를 작성해 보기로 한 까닭은 잃어버린 게 있다는 느낌이 좀처럼 사라지지 않기 때문입니다. 저는 분명히 잃어버린 게 있습니다. 그걸 기록하고 싶었습니다. 잃어버린 것을 되돌려 달라고 소망하는 게 아니라 잃어버린 것이 나에게(우리에게) 있었음을 잊지 않기 위해서. 기억하고 그리워하기 위한 위시 리스트를 적기로 한 것입니다.

거두절미. 나에게 웃음이 있었고 아마…… 잃어버린 것 같다.

웃음을 잃어버린 생활을 받아들일 준비는 미처 하지 못했다. 동물은 안 웃지만 웃음은 동물성이므로 원초적인 것을 잃게 될 줄 정말 몰랐다. 나는 잘 웃는 사람이었다.

심지어 너무 웃어서 곤란한 지경의 사람이었다. 기쁜 일이 많거나 사회성이 뛰어나서가 아니라, 기고만장해서도 아니라, 웃기는 사람이 간곡히 되고 싶었는데 그 방면엔 재능이 신통찮았다. 웃길 수 없으니 웃는 쪽이 된 것이다.

이쯤에서 반드시 웃음의 종류를 소별할 필요가 있다. 내가 상실했다고 생각하는 웃음은 언어적, 사회적, 지적인 웃음은 아니다. 의미의 맥락 없는 돌연하고 발작적인 웃음. 둑을 터뜨리고 맹렬히 쏟아져 나오는 거대 물줄기 같은 웃음. 웃음 안에 영영 갇히는 재현 불가의 웃음. 웃다가 죽어도 모르겠다 싶을 만큼 통제할 수 없는 웃음. 허리가 끊어지고 배가 찢어지는 말 그대로의 요절복통. 배를 그러안고 쓰러지는 말 그대로의 포복절도. 우리의 이성과 지성을 바닥으로 끌어내리고 제 몸 하나 가눌 수 없는 상태로 해제시키는 웃음. (이런 장르의 웃음에 자주 처했던 때는 10대 시절이었다!)

즐거워서 활짝. 겁에 질려 훌쩍. 미칠 것 같아서 팔짝. 내가 웃어서 너도 웃지. 네가 웃는 게 웃겨서 나는 더 웃지. 웃음의 벼랑 끝에 눈물을 찍으며 복통을 호소하는 너와 내가 있었다. 비극적이거나 심각한 일들을 황급히 머릿속에 호출해야만 웃음은 간신히 진정되었다. 우리의 천부적인 비극은 쓸모가 바뀌어 있었지. 웃음을 멈추기 위해 우리는 슬픈 마음을 이용한 셈이다.

마스크 미착용자의 입장을 제한하는 문구가 상점 입구마다 붙어 있는 것이 지당한 세계. 이 이상한 세계에서 우리는 1년 가까이 살고 있다. 마스크 착용은 코로나19 바이러스의 확산을 막는 가장 효과적인 방법이고, 전염성이 강한 웃음도 마찬가지. 마스크는 웃음의 확산을 막는다. (포복절도는 침까지 튄다. 금지!)

나는 가로로 세로로 벌어진 너의 입을 보고 싶다. 입 동굴 속에서 흔들리는 너의 목젖 보고 싶다. 물결치는 너의 얼굴 보고 싶다. 웃음이 완성되는 걸 보고 싶다.

그게 전부인 것 같다.

듣고 싶어, 속살거림 속살거림

— 유계영의 위시 리스트 2

존재하기란 참으로 어려운 일이다. 개가 개로서 존재하는 것을 보면 나는 늘 감탄한다. 인간은 자기 자신으로 존재하기 위해 매순간 분투한다. 그 과정이 얼마나 힘겨운 일이냐면, 차라리 일정 부분 기계가 되기를 자처해야 할 정도다. 자기 자신으로 온전히 존재하기 위해 에너지를 쓰기 시작하면 남은 에너지가 거의 없게 되기 때문이다. 텅텅 바닥나기 때문이다. 일하고 요리하고 청소하고 친구를 만날 여력 같은 건 남아나지 않기 때문이다. 헐벗고 앙상한 나만 남게 되는 것이다. 인간이 자기 자신으로 존재한다는 것은 그런 것이다. 헐벗은 존재가 되는 것이다.

나는 지금도 나 자신으로 존재하기 위해 백지의 흰빛을 마주하고 있다. 똑딱거리는 시침 소리를 듣고 있다.

그것만으로도 파김치가 되었다.

반면 나의 개는 개로서 거뜬히 존재하고도 힘이 남아서, 자기 자신의 방식으로서 거실을 휘젓고 다니다가 급기야 자기 존재의 크기만큼 알맞게 이불 위를 파내고 자기 자신의 방식으로 드러누웠다. 태연자약하게.

바로 여기에, 인간 존재의 힘겨움 때문에, 나는 눈앞의 것조차 볼 수 없는 지경에 이르렀다. 앞서의 언급처럼 나 자신을 일정 부분 포기하고 기계화하지 않으면 미쳐 버릴 테니까. 보이는 것을 보지 않는다. 보지 않으면 보이지 않는다. 타인의 입꼬리가 슬몃 내려가는 것이 보이지 않는다. 직박구리가 나뭇가지에 앉아 쩌렁쩌렁 우는 것이 보이지 않는다. 우편함의 칠 벗겨진 얼룩덜룩이 보이지 않는다. 잡풀 위의 거미줄, 거미줄 위의 물방울들이 보이지 않는다. 깨어 있고자 하는 의식으로 나 자신을 흔들어 놓지 않으면 나는 영원히 잠만 잘 것이다. 영원한 잠은 어쩌면 무척 달콤하고 편안할 수도 있다. 어느 쪽을 선택하든 스스로의 몫이다. 그것 보라니까, 존재하기란 이토록 어려운 일이다. 다 자기 몫의 선택이다.

나는 일주일에 두 번 예술고등학교에 나가 아이들을 만난다. 시 수업을 위해서다. 나는 시를 잘 모르는데 나의 쓸모가 별 볼일 없어서 할 수 있는 일이 많지 않다는 것만큼은 잘 안다. 어떤 방향의 삶이 우리의 영혼을 살찌우는 삶인지 도무지 알 수 없지만, 아무래도 시를 알게(쓰게) 하려면 보이는 것을 볼 줄 알아야 한다.

매주 한 번씩 나는 수업을 시작하기에 앞서 자신이 일주일동안 본 것을 돌아가며 말하는 시간을 갖는다. 여름방학이 끝나고 만나면 여름방학 동안 본 것을, 명절 연휴가 끝나고 만나면 명절 연휴 동안 본 것을 말하는 식이다. 말 그대로 일주일 동안 목격한 모든 것을 말하는 시간은 아니고, 문득 자신의 눈앞에 펼쳐진 어떤 풍경이 내면에 새겨져 자꾸만 떠오르는 자기 자신의 장면이 된다면 그것을 꺼내 놓는 시간이다. 일상이 시가 되는 순간을 털어놓는 시간인 것이다.

어렵게 대면 수업을 시작한 이후에도 마찬가지였다. 아무데도 가지 않고 아무것도 하지 않기 때문에 아무것도 본 게 없다는 대답이 어김없이 돌아온다. 여덟 명의 아이들이 모두 마찬가지다.

그럴 리 없지. 우리가 주말 내내 침대에 누워 천장만 바라보았다고 하더라도 아무것도 보이지 않을 리 없지. 고립되어 있을수록 내면의 압력이 높아질수록 더 먼 곳을 볼 수 있어야 하는 것 아니야? 벽지 무늬 속에서 집요정의 얼굴이라도 보여야 하는 것 아니야? 처음 몇 번은 이렇게 우겨 보기도 했다.

"우리 집 벽지에 무늬 없는데요. 그냥 흰 벽인데요."

"그렇구나. 그냥 흰 벽이구나."

내가 가장 좋아하는 이야기는 2년 전 담당했던 아이가 들려준 이야기다. 자전거를 꺼내려고 베란다에 나갔다가 방충망에 붙은 딱정벌레를 지켜보게 되었다는 이야기. 방충망의 격자를 따라가는 딱정벌레를 한참 눈으로 쫓다가 지루해져 관두려 할 때쯤, 딱딱한 등껍질이 반으로 쪼개짐과 동시에 얇고 투명한 날개가 펼쳐지더니 붕 날아올랐다는 이야기. 눈으로 쫓을 수 없는 곳까지 멀리 날아가 버렸다는 이야기. 정말로 아무것도 아닌 그 이야기는 나에게 이상한 감동을 주었다. 정말로 사소한 일이고 정말로 아무 의미도 없는 장면이지만 3년째 가장 소중한 기억으로 간직하게 되었다.

아이들이 들려주는 이야기는 그런 것들이었다. 너무 사소해서 말하지 않아도 그만일 이야기. 잊어버려도 섭섭하지 않을 이야기. 방금 눈앞을 지나간 버스의 노선번호처럼 보지 않으면 보이지 않고 듣지 않으면 들리지 않는 이야기. 작은 목소리를 듣기 위해서는 몸과 마음의 소음을 다 끄고 온전히 귀를 기울여야 한다. 그때 오직 너의 음악이 들린다. 이제는 아무도 떠들지 않는 교실에서 나는 아직도 그 음악을 듣고 있는 것 같다.

닿고 싶어, 물처럼 넘쳐서 물처럼 흘러서
—유계영의 위시 리스트 3

1년 전쯤이었나. 인터뷰를 하러 채식당에 갔었다. 주방장이 데리고 출퇴근 하는 강아지가 식당 안에서 자유롭게 종종거리고 있었다. 강아지가 가깝게 지나갈 때마다 인터뷰어는 손을 뻗었다 거두기를 반복하고 있었다.

"만지고 싶어요?"

그는 나의 질문에 그렇다고, 만져 보고 싶다고 대답했다. 그때 왜 심술이 났는지 정확히 기억나지는 않지만 그날의 인터뷰를 망친 게 아마 나인가 싶다.

나는 즉각 '왜' 만지고 싶은지 이유를 물었다. 그야…… 귀여우니까? 하는 가벼운 대답에 귀여우면 만져도 되냐고, 만지고 싶으면 만질 수 있냐고 반문했다. 메시지의 통명스러움을 감쇠하기 위해 본능적으로 웃으며 말하긴

했으나 분위기는 걷잡을 수 없어졌다. 그는 다방면의 바보가 아니니까.

눈앞에 남의 엉덩이가 아무리 예쁘고 귀여워도 만지면 안 된다는 것. 여기까지는 (겨우 받아들이는 사람도 더러 있으며 끝까지 받아들이지 못하는 천치가 있긴 해도) 합의된 도덕규범이다. 그런데 예쁘고 귀여운 엉덩이가 인간 성인의 것이 아니라면? 한없이 무방비해 보인다면? 아기라면? 동물이라면? 손은 뻗어 나간다.

만질 수 있나? 만져도 되나? 저기 강아지가 있다고 만져 보라고 아이의 손바닥을 앞장세운 채 다가오는 체험학습주의자 부모들은 내 꿈에까지 쫓아온다. 한국형 동물원에는 '만져 볼 수 있는' 체험장이 반드시 있고, '만져 볼 수 있게 준비된' 동물은 소동물 위주다.

나는 당초 나의 계획과는 완전히 다른 어린 시절을 보낸 바 있다. 막내딸로 태어난 것이다. 볼을 꼬집고 늘이고 머리카락을 쓰다듬고 잡아당기는 등의 만짐 동작들은 나에게만큼은 사랑이 아니라 괴롭힘이었다. 내겐 "나를 제발 만지지 마." 울며 호소한 (그러나 통하지 않았던) 기억이 많아도 너무 많다. 오빠는 우는 나를 어르면서 귀여워서 그러는 거라고 말하곤 했었지…….

약 30년이 흐른 후 나는, 엘리베이터에서 지하철에서 번화가에서 '제발 닿지 말아 줘.' 염불을 중얼거리며 어깨를 움츠리는 어른이, 모르는 사람과 많이 닿은 날에는 졸도하듯 쓰러져 자는 어른이 되었다. 다시 말해 나는 여전히 타인과 닿는 것이 싫고 두렵다. 타인과의 접촉은 나를 깜짝 놀라게 하고 나를 손상시킨다.

아주 가끔. 이 싫고 두려운 느낌을 뚫고 온기를 맞대어 보고 싶을 때가 있다. 파문을 보기 위해 간신히 들어 올릴 정도로 커다란 돌덩어리를 집어 던져 보기도 하는 것처럼 말이다. 나는 나를 깜짝 놀라게 하고 싶고 나는 나를 손상시키고 싶다. 너는 내가 아니다. 불안은 여기에 있다.

아이들과 함께 있으면서 사랑이 액성이라는 사실을 알게 되었다. 아이들이 사랑스럽고 예쁘고 아프고 조심스러웠다. 사랑스럽고 예쁘고 아프고 조심스러웠기 때문에 닿고 싶으나 만질 수 없었다. 그러면 나는 아이들이 책상 위에 올려놓은 필통을, 볼펜을, 책가방을, 사물들을 만져 보았다. 너는 스누피를 좋아하는구나. 노란색을 좋아하는구나. 책가방이 아주아주 무겁구나. 스티커를 모으는구나.

너의 사물들을 보면 너의 마음을 상상하게 된다. 이 사물을 예쁘다고 느끼고 합리적이라고 판단하면서 마음에 꼭 든다고 말했을 어떤 순간을 상상하게 된다. 가끔은 울 것 같다. 사람의 복잡함에 압도되기 때문이다.

너는 내가 아니지. 하지만 너는 내가 아니라서 다가갈 수 있다. 네가 나라면 너를 만졌을 것이다. 만지는 것 말고 다가가기. 마음에 마음 닿아 보기. 이것이 내가 두 팔을 활짝 벌려 포옹하는 방식.

4부

나무의 잠이 궁금하다

이불을 털다가 주저앉아 꼼짝없이

나에게 감정의 입체를 알려 준 사람이 있다면 언니다.

그녀는 웃음이 많았다.

웃음이 많다는 말은, 언니가 날마다 맞닥뜨리는 곤경에 비하자면 터무니없이 안일한 설명이다.

그녀는 폭소가 많았다.

이게 좀 더 어울리는 말이다. 나는 언니가 입을 틀어막고 강의실을 빠져나가는 모습을 자주 힐끗거렸다. 상자를 열면 튀어나오는 용수철 피에로처럼 갑작스러운 웃음이었다. 그녀는 폭소 때문에 난감해지는 일이 많고, 웃음은 그녀를 즐겁게 하기보다 고통스럽게 하는 편에 가까웠다. 언니는 눈물이 날 때까지 웃었다. 가끔 무슨 병증처럼 보였다. 투명한 손가락이 겨드랑이를 파고들어 끝없이 꿈틀거리는 것처럼 웃었다.

자리에 함께 있던 누군가 진지한 고민을 털어놓기 시작했거나 연장자가 점잔을 빼며 일장연설을 늘어놓는 시간, 그녀의 자리를 슬쩍 보면 빈자리일 때가 많았다. 언니의 웃음은 사무실에 잘못 입고 나온 파자마 같은 것이다. 시간 장소 상황을 살피지 않기 때문이다. 무규칙적인 웃음이라기보다는 웃으면 안 되는 상황만 기다렸다가 터지는 웃음 같았다. 그녀와 함께 있을 때면 나는 한없이 멍청한 사람이 된 기분이었다. 보이는 것이나 보고 통속적인 반응이나 해서는 영영 시인이 못 될 거 같았다. 그녀의 웃음은 이종의 언어이자 신비 그 자체였다.

그렇다고 그녀가 시한폭탄인 건 아니다. 언니는 언제 터질지 몰라서 주변을 조마조마하게 만드는 사람은 아니었다. 눈치 없다는 핀잔을 들을 법도 한데, 매우 친밀한 관계가 아니라면 대부분 그녀가 겪는 웃음의 고난을 잘 몰랐다. 그녀는 눈에 띄는 사람도 아닐 뿐더러 자신을 단속하는 일에 능숙했기 때문이다. 같은 장소에 있던 사람들조차 그녀가 자리를 빠져나갔다는 사실을 알아차리지 못했다. 언니는 움직임이 크지 않고 조용하며 어떤 방면으로든 이질적인 존재감을 드러내지 않았다. 크게 거부하지 않았으며 크게 따르지도 않았다. 대부분의 상황을

관조하는 듯했지만 호기심 어린 눈동자를 반짝거리지도 않았다. 웬만한 큰일에 소스라치지 않았다. 때문에 그녀는 구경꾼 같다는 인상을 남기는 법이 없었다. 자연스럽게 장면에 스며드는 사람이었다. 언니는 늘 검은색 옷을 입고 다녔다. 그림자가 툭 벗어 놓은 사람. 매일 어디로 그렇게 조문을 다니는 거냐고 내가 놀리면 언니는 소리 없이 웃었다.

대학 시절에 진실게임이 유행했다. 질문을 받은 사람이 진실을 말하거나 벌주를 마시는 단순한 놀이다. 굳이 게임을 안 해도 짓궂은 질문을 거리낌 없이 주고받았으면서 도대체 무엇에 목말랐던 건지 모르겠다. 술자리에 다섯 이상 모였다 하면 분위기를 잡으려고 일단 조명부터 껐다. 질문의 답이 진실인지 아닌지 판독할 수 있는 사람은 없지만 '어떤 질문'에 '그런 대답'을 했다는 사실이 중요했다.

진실게임은 순정한 게임이다. 진실을 의심하지 않아야만 재미를 획득하는 원리이기 때문이다. 언제나 재미가 가장 모자랐던 우리는 진실게임의 대답들을 순순히 진실이라 믿었다. 그날은 울적한 분위기가 감돌았다. 커다란 새우깡을 가운데 펼쳐 놓았는데 아무도 먹지 않았다. 몇몇은 턱을 괴고 끄덕끄덕 졸았다. 소주를 가득 채워 놓은 종이컵이 물렁물렁해지도록, 마시고 취하는 일보다 남의 은밀한 비밀을 캐내는 일에 모두가 집중했다. 누군가 그녀에게 질문했다.

"가장 최근에 운 건 언제야?"

나는 언니를 좋아했다. 부끄러움이 없었다면 종일 졸졸 따라다녔을 것이다. 언니가 조용히 중얼거리는 말들이 좋아서 잠자리에 누워 그 말들을 곱씹곤 했다. 언니 앞에 무심히 놓인 공간과 사물, 사람의 일들이 그녀에게 어떤 파장을 만들어 내는지 늘 궁금했다. 그 파장이 그녀에게 어떤 감정으로 매듭지어지는지는 더 궁금했다. 하루만 그녀의 시야로 눈떠 보고 싶었다. 나는 언니를 선망했지만 왜인지 티를 내지는 못했다. 그다지 친해지지도 않았다. 이유를 설명하자면 궁상맞은 지경인데, 나는 그녀의 마음에 드는 사람이 아닐 것 같아서였다.

그녀는 최근 언제 울었을까. 왜 울었을까. 온몸이 쫑긋거렸다. 사실 그녀에게 던져진 질문은 진실게임에서 오가는 질문이라기에는 너무 상냥했기 때문에 다들 큰 관심을 두지 않았다. 다만 나는, 아주 슬픈 고백을 기대했다. 그녀라면 내가 모르는 슬픔에 대해 알려 줄 것만 같았다.

"오늘 아침."

그녀는 오늘 아침이라고 대답했다. 오늘 아침에 언니는 울었다. 왜 울었느냐고 이유를 물었어야 했는데, 뭐 하다가 울었느냐고 누군가 받아쳤다.

"이불 털다가."

언니는 오늘 아침 이불을 털다가 울었다. 누구도 말을 잇지 못하고 눈만 껌뻑거렸다. 이내 다른 사람에게로 순서가 넘어갔다. 나는 그녀가 이불을 털다가 슬퍼서 운 것인지, 눈물이 날 때까지 웃었던 것인지 궁금했다. 따로 물어보지 않은 것을 오랫동안 후회했다. 우리를 꼬박꼬박 찾아오는 성실한 아침은, 그녀에겐 우스운 것이었을까. 슬픈 것이었을까.

며칠 전 아침 하늘에 커다랗고 선명한 원형의 빛 덩어리가 떠 있었다. 태양이거나 달일 것이다. 10년 전, 언니의 대답은 사실이거나 거짓말일 것이다. 언니는 매일 아침 웃거나 울 것이다. 둘 다 맞고 둘 다 틀렸을 것이다. 단지 이불을 털다가 주저앉은 그녀였을 것이다. 언니를 죽음이라 불러도 삶이라고 불러도 좋을 것이다. 죽음은 웃음이 많았다. 삶은 웃음이 많았다. 오늘 아침 죽음은 이불을 털다가 주저앉았다. 오늘 아침 삶은 이불을 털다가 주저앉았다. 눈물이 날 때까지 웃었다.

봄에 꾼 꿈이 이듬해 다시 떠오르는 것

양은 올해 스물한 살이 되었겠네요.

저는 오늘의 사소한 스쳐 지나감에도 길고 복잡한 과거세의 시간이 얽혀 있을 거라고 믿는 편입니다. 제가 윤회론자라는 게 아니고, 세상에는 우리의 지각과 감각으로는 이해할 수 없는 일들이 감당할 수 없을 만큼 많기 때문에 생긴 믿음이에요. 모든 것을 다 알 수 없으므로, 모든 것을 다 말할 수 없으므로, 나의 것이지만 나만큼은 볼 수 없는 시간도 있는 것 아닐까요. 뒤통수 같은 시간이 있는 것 아닐까요. 그게 남들이 말하는 윤회론이라면 저를 무어라고 정의 내려도 상관없긴 할 겁니다.

제 아버지는 자식의 일로 마음 상할 일이 있을 때 이따금 중얼거리곤 했습니다. 당신이 전생에 돌로 쳐 죽인

개를 아들딸로 낳았을 거라는 말이었어요. 저는 이 말이 잔인하다기보다는 그 어찌할 수 없는 체념의 마음에서 삶의 태도 하나를 엿본 것 같은 기분이 들곤 했습니다. 미운 것을 악착같이 미워하지 않기 위하여, 이해할 수 없는 일을 악착같이 이해하기 위하여, 택할 수 있는 최후의 방법론을 거기서 배웠을지도 모르겠습니다. 어쨌건 이렇게 지루하기 짝이 없는 이야기로 글을 시작하는 이유는 양과 제가 딱히 특별한 사이는 아니었다는 말을 하기 위해서일 뿐인데 너무 거창하게 떠들고 말았습니다. 특별한 사이도 아니고 오래 만난 사이도 아니지만 저는 양을 자주 생각합니다. 이유는 잘 몰라도 언제나 그렇듯 이유는 있을 것입니다. 인생의 짧은 순간 양을 만났지만 그 이후로부터 지금까지 양을 잊지 못하고 있는 것은, 우리 자신은 절대 들여다볼 수 없는 뒤통수 같은 시간이 있기 때문 아닐까 싶은 것입니다.

양과는 12년 전에 만났습니다. 대학을 졸업하고 제대로 직장을 구하지 못했던 저는 집과 꽤 먼 거리의 작은 보습학원으로 용돈벌이를 다녔습니다. 초등학교 아이들에게 국어를 가르치는 일이었어요. 어린이들과 함께한 그 시간이 또렷하게 기억나지는 않습니다. 어린이는 생각보다 변변찮은 존재라는 실망과 어린이는 생각보다 놀라운 존재라는 감탄을 오가던 시간이었던 것 같습니다. 무척 시끄러웠던 것만큼은 분명하고요. 소란스러운 어린이들 틈에 양이 있었습니다. 조용한 양이 있었습니다. 양은 조금 다른 아이였습니다. 햇빛 아래 얌전히 녹아 가는 눈사람처럼 우울하고 무기력한 분위기. 어린아이의 분위기라고 하기 힘든 것이었습니다.

어린이들과의 수업에서 제가 무언가를 가르친다고 보기는 어려웠습니다. 단지 이야기 하나를 함께 읽고 질문을 던진 뒤 돌아가며 대답을 듣는 것이 제가 하는 일의 전부였는데, 양은 언제나 아무 말도 하지 않았습니다. 발표 차례가 돌아오면 대답을 요구하는 모두의 눈빛을 온몸으로 묵묵히 견디고 있었습니다. 그러다 고개를 떨어뜨리거나 가로저었습니다. 쉬는 시간에는 움직임도 없이 자리에 앉아 있었습니다.

양을 어떻게 대하는 것이 옳았으며 좋았을까요. 다르므로 다르게 대하는 것이 좋은 것일지, 다르지만 똑같이 대하는 것이 좋은 것일지, 저는 아직도 잘 모릅니다. 다만 꼬박꼬박 양의 이름을 부르고, 항상 아무 말도 하지 않았다고 해서 이번에도 아무 말을 하지 않을 것이라는 예상을 미리 하지 않으며, 말을 못하는 것이라고 생각하기보다는 말하지 않기로 선택함을 믿는 것, 거의 움직이지 않고 목소리를 들을 수도 없지만 한자리에 함께 있음을 모두가 잊지 않도록 하는 것만이 제가 할 수 있는 일이었습니다.

어느 날은 밤늦도록 학원에 남아 잡무를 보는데, 밤 10시가 넘은 시간에 양을 보았습니다. 초등학교 저학년 어린이들은 오후 4시가 되기 전에 집에 돌아가는 것이 그곳 시간표였는데 양은 남아 있었습니다. 아무도 없는 빈 교실에 미동도 없이 앉아 허공을 바라보고 있었습니다. 허공을 바라보고 있다고 썼으나 사실은 알 수 없는 노릇이지요. 형광등 불빛 아래를 무심히 떠가는 먼지 한 톨을 추적하고 있었을지도 모르잖아요. 덜 지워진 칠판의 희미한 글씨들을 읽고 있었던 것일지도 모릅니다.

원장에게 물었습니다. 왜 저 아이는 이 시간까지 집에 가지 않고 남아 있나요? 아이의 부모가 일로 바빠서 그렇다는 대답을 들었습니다. 부모가 데리러 올 때까지 빈 교실에서 숙제를 하고 있는 것이라고요. 양은 한 번도 숙제를 해 온 적이 없었지만 그건 중요한 게 아니겠지요. 아마도 더 힘든 것을 하고 있었을 거니까요. 양은 아무도 노크하지 않는 빈 교실에서 (반드시 틀린 표현이겠지만) 아무것도 하지 않고 시간이 흐르는 것을 우두커니 지켜보고 있는 것처럼 보였습니다.

돌아서는 제게 원장은 물었습니다. 양이 말썽을 부리지는 않는지 말입니다. 양이 매우 난폭하게 굴기 때문에 부모가 양을 힘들어한다는 말을 들었습니다. 집에 돌아가면 소리를 지르고 물건을 던지고 통제할 수가 없는 아이가 된다는 이야기였습니다.

몰랐던 양의 이야기를 듣게 되었다고 해서 달라지는 것은 없었습니다. 양은 제 앞에서는 여전히 말과 움직임이 없는 작고 마른 여자아이였거든요. 다만 양이 선택한 침묵이 얼마나 단단하고 뜨겁게 엉켜 있는 것인지 알 것 같았습니다. 돌덩이처럼 무기력하고 우울한 표정이 누르고 있을 진짜 표정 말이에요.

화가 났니. 무엇 때문에. 같은 질문들은 하고 싶지 않았습니다. 궁금하지 않았기 때문에요. 비어 있고, 아무도 없고, 알 수 없으며, 기다리는 것은 돌아오지 않고 기다리지 않는 것들만이 어김없이 돌아오는, 그런 일들 때문에 화가 나는데, 그걸 어떻게 말해야 이해받을 수 있을지 모르겠는 기분을, 나는 알아. 어린이에게 그런 말을 할 수는 없었지만요. 양을 볼 때마다 양의 마음으로 들어가 마주 앉아 있게 되는 것 같았습니다.

양은 받아쓰기를 잘 하지 못했습니다. 열 살 또래 아이들에 비해 현저하게 맞춤법을 틀렸습니다. 그러나 글짓기 시간에는 이상하고 아름다운 문장을 적어 내곤 했습니다. 그러나 한두 줄. 양은 시인이 되려나. 무엇이 되어도, 양이 적어 낸 한두 줄이 양이 선택한 침묵을 가볍고 푹신푹신한 것으로 만들어 준다면 좋을 텐데요. 뻔한 이야기입니다. 다른 대상에게서 자기 자신의 일부를 발견하고 사랑하게 되는 이야기는요. 우리가 시간의 표면에 한 코 한 코씩 수를 놓는 중이라면 어떤 시간은 텅 비어 있고 아무 색깔도 띠지 않지만, 커다란 문양을 완성하기 위해서라면 꼭 필요한 시간일 거야. 어린이에게 그런 말을 할 수는 없었겠지요.

취직을 하게 되는 바람에 학원은 5개월 만에 그만두었습니다. 마지막 수업을 마치기 전 어린이들에게 회오리감자를 사 주었는데 양도 맛있게 먹었습니다. 교실을 빠져나가는 제 옷깃을 누가 잡아당겼습니다. 양이었어요. 양은 자신의 색연필 세트 중에서 빨간색을 꺼내 제게 주었습니다. 아마도 제가 양의 맞춤법을 고쳐 줄 때 줄곧 빨간색 펜을 사용했기 때문일 겁니다. 양은 그것을 내어 줄 때에도 아무 말을 하지 않았지만, 빨간색 색연필이 제 작별 인사에 대한 양의 대답이라는 것은 쉽게 알 수 있는 것이었어요. 양의 색연필 세트에는 빨간색만 없고 제게는 빨간색만 있게 된 것입니다. 어린이들은 생각보다 놀라운 존재입니다.

인생의 짧은 순간 양을 만났고 저는 들어 본 적 없는 양의 음성을 당연히 모릅니다. 그러나 그 이후의 시간 동안, 시집 한 권을 가방 속에 톡 집어넣고 집을 나설 때마다 작고 빼빼 마른 양을 가방 속에 데리고 다니는 듯한 기분이 드는 것입니다. 단 한 번도 목소리로 대답하지 않았지만 매순간 온몸으로 대답하고 있었던 양. 소리를 지르지 않기 위해 침묵을 선택하는 양. 물건을 던지지 않으려고 옴짝달싹하지 못하는 양. 빈 교실에 앉아 1초 1초 1초가 발굽을 부딪치며 지나가는 장면을 지켜보는 양. 없다고 오해하기 쉽지만 아주 선명히 있는 양. 특별하지 않은 만남이었지만 양에 대한 시를 쓴 일도 있었습니다. 사람의 뒤통수에 난 시간의 길은 가늠할 수 없는 정도의 길이인 것 같아요.

모두 눈치 채셨겠지만 간단한 것입니다. 저는 양에게서 제 어린 시절을 보았을 겁니다. 느끼기도 전에, 생각하기도 전에, 대답부터 해야 했던 어린 날의 시달림과 빈집에서 하염없이 엄마를 기다렸던 텅 빈 시간의 공포를 다시 마주한 것입니다. 그렇지만 왜인지 반복되는 것만으로도 같은 슬픔을 나누었다고 생각하게 되는 것은, 영혼을 믿기 때문일지도 모르겠습니다. 봄에 꾼 꿈을 내내 잊고 지내다가 이듬해 봄에 문득 떠올리게 되는 일도 생깁니다.

봄꿈

온종일 털었는데 네 개의 지갑은 모두 비어 있다

나는 꿈속에서 허탕만 치는 소매치기였으나
아무도 없는 무대에 올라 개망초처럼 흥겨웠다

빈주머니들은 더 가벼워졌겠지
왼손과 오른손을 꽉 묶고 차분히 잠들겠지

겨울에 떠난 것들이 겨울로 돌아오지 않는 것을
뭐라고 불러 줄까 생각하면서

낡은 것은 새것으로 새것은 낡아 가고
모르는 것은 아는 것으로 아는 것을 모르게 되고

봄에도 그러겠지

장발장은 빵만 훔쳤는데 왜 십구 년을 갇혀요?

은촛대를 훔쳤을 땐 왜 용서받아요?

선생님은 왜 아무것도 몰라요?

나는 떠들지 말라고 말해 주었다
손잡이가 떨어진 채로 들썩거리는 주전자들아

멀리 바람으로 날아갈 수 있는 죽음이 있다고 믿는
삶의 아둔한 속도로는
집오리 같은 시간 속을 영영 뒤뚱거리게 될 것

살아서 다시는 만나지 말자고
웃는 낯으로 침을 뱉고 돌아서는 사람들

눈에서 태어난 것들이 눈으로 죽으러 돌아와
사흘 내 잠만 자다 나가는 것을 두고
슬픔이라고 부르는 것처럼

모르는 것은 끝까지 몰라 두거라

어른 같은 아이는 귀엽지가 않으니

*『이런 얘기는 좀 어지러운가』(문학동네, 2019).

물그림이 마르는 동안

비를 피하려고 빵집에 들어갔다. 헝겊 주머니를 찢고 아스팔트 위로 쏟아지는 백동전처럼. 비가 내리치는 오후다. 소나기는 소나기만의 장면을 펼쳐놓는다. 사거리에 떠돌던 사람들이 빗금을 따라 종횡무진 흩어진다. 물무늬. 몇몇 행인들이 양산을 펼친다. 서두른 유머처럼 꽃무늬. 그러나 곧장 젖어 버리고 마는 꽃무늬. 그들도 꽃을 말리러 어디론가 사라진다. 가까운 처마 밑으로 몰려갔겠지. 몇 가지 빵을 쟁반에 담아 커피와 함께 계산한다. 버터 냄새, 설탕, 달걀 냄새, 우유, 곡물, 박테리아, 불 냄새…….

이럴 때 냄새를 눈으로 볼 수 있다면 좋을 것 같다. 각각의 냄새들이 빵 냄새를 이루며 콧구멍 속으로 빨려 들어오는 모습을 볼 수 있었을 텐데. 창밖에는 개집. 플라스틱 밥그릇에 빗물이 고인다. 개는 밥그릇에 혀를 몇 번 헹군다. 고여 있던 빗방울이 사방팔방 첨벙이며 이름을 바꾼다. 빵 냄새를 맡고 사람들이 가게 문을 여는 소리. 입안에 침을 한가득 물고서.

최근에 음식 먹는 사람들을 흥미롭게 보았다. 기회가 있을 때마다 유심히 관찰했다. 처음에는 눈이 마주칠까 봐 조마조마한 마음이 들기도 했다. 그러나 곧 알아차린 사실은, 사람도 동물과 다름없이 음식을 먹기 위해 입을 벌리는 순간만큼은 남과 눈 맞추기를 꺼린다는 사실이다. 대놓고 구경해도 들키는 일이 별로 없다. 또 의외로 사람은 자주, 다양한 곳에서, 다양한 포즈, 다양한 이유로 먹는다.

그중에 내가 가장 집중해서 관찰했던 모습은 이동 중에 먹는 사람들. 그들은 어떤 먹는 자들보다도 기계적인 느낌을 준다. 대부분의 사람들은 먹을 때 기뻐 보인다. 그러나 걸으면서 과자나 샌드위치 같은 걸 입에 밀어 넣는 사람들은, 어떤 만족감을 느끼는지 나로서는 알 수 없지만, 어떤 기분도 드러내고 싶지 않아 보인다. 그들은 거리의 가로수, 먼지를 뒤집어쓴 도로변의 지저분한 화분들과 어우러져 이상한 슬픔을 전한다.

살아 있다는 것. 잎자루를 꽉 붙들고 간신히 흔들리는

잎사귀들. 커다란 사발에 아무렇게나 심어진 팬지들. 그 위로 수천 개의 태양 같은 얼굴로 뜨고 저물었을 것이다. 여전히 살아 있다는 것.

팔오금을 접었다 펴 본다.

살아 있기 때문에 계속해서 살아가는 것이 이상한 날에는 먹는 사람들을 훔쳐봤다. 아무런 질문도 해답도 없다. 살아 있다는 것을 실감할 뿐이다. 소나기가 그친다.

물웅덩이가 서서히 마르며 둘레를 좁히는 것을 본다. 진열대의 빵들이 눈동자를 끔뻑거리며 빛을 반사하고 있다. 여기저기서 무지개가 제보된다. 나무 문이 열린다. 여자가 서너 살쯤 돼 보이는 아이를 안고 들어온다. 여자가 급하게 빵을 고르는 사이 아이가 가게 안을 뛰어다닌다. 여자는 아이를 흘끗거리며 아무 빵이나 담는다.

"가만히 있어, 제발."

성마른 목소리로 주의를 주느라 계산원의 말을 모두 듣지 못한다. 아파트 사이로, 빌딩 숲 위로, 텅 빈 하늘을 가로지르며 흰 앞다리를 걸친 무지개. 통유리창 너머 하모니 마트 간판이 깨끗하다. 여자의 깊은 한숨. 아이는 빵을 먹지 않는다. 얼굴 가까이 다가오는 빵을 피해 고개를 이리저리 돌린다. 죽고 사는 문제가 아니다. 날아오는 빵 미사일을 피하는 재미있는 놀이다.

여자는 어느 순간 먹이는 일을 포기한다. 이 과정이 익숙한 듯이, 곧 자유로워질 것을 알고 있다는 듯이, 아이가 의자에서 일어난다. 발목에 속도가 붙는다. 여자는 아이에게 더 이상 주의를 주지 않는다. 아이의 티셔츠는 소매와 목덜미가 늘어날 대로 늘어난 상태다. 야외 테라스에 펼쳐진 흰 천 그늘막이 빗물을 가득 담고 역포물선으로 늘어져 있다. 천막 아래로 쏟아지는 맹렬한 물줄기. 소나기가 그친 후에도 아직 소나기 속에 있는 사물들. 야외 테이블에 물그림이 남는다.

곧이어 가게 문을 연 사람들은 젊은 부부 한 쌍과 태어난 지 백일도 채 되지 않아 보이는 갓난아기, 초등학교 저학년쯤으로 보이는 남자 어린이, 그의 할머니로 보이는 노인이다. 너비가 큰 원탁에 듬성듬성 둘러앉는다. 어린이는 빵을 하나 물고 줄곧 스마트폰을 들여다보고 있다. 몸집에 비해 팔다리가 짧은 캐릭터들이 휴대폰 화면 위를 바쁘게 오간다. 어린이의 눈망울이 완벽한 어둠처럼 검다. 소라 껍데기 모양 페이스트리가 조금씩 입속으로 사라진다.

젊은 부부와 노인이 불룩한 갓난아기의 뺨에 시선을 고정하고 내용 없는 대화를 나눈다. 자주 이유 없이 웃음이 터진다. 어린이가 느닷없이 스마트폰을 내려놓고 할머니

뒤편으로 성큼성큼 다가가 선다. 어린이는 자신 앞에 놓인 할머니의 어깨를 주무르기 시작한다. 1분여가 그대로 흐르고. 나는 어쩐지 어린이를 응원하고 있다. 사랑받고 싶어요. 그런 말을 하지 않아도 사랑받고 싶어요, 말하고 있었으니까.

"효손이네, 효손이야."

노인이 짧은 반응을 보인다. 원탁 위에 놓인 스마트폰에서 여전히 상영 중인 만화영화. 어린이는 제자리로 돌아가 빵을 두 개 집어 들고 한꺼번에 구겨 넣는다. 다시 휴대폰을 들었지만 화면을 바라보는 것 같지 않다.

갑자기 궁금해진 것이 있다. 어린이의 까만 동공을 조금씩 조이는 일을 우리가 뭐라고 불렀지? 사실은 사랑을 원했던 것이라고 인정하기까지, 나는 30년이 넘게 걸렸다.

빵집을 나와 버스에 탄다. 팬지가 핀 젖은 길을 달려온 연인들이 버스를 겨우 잡아타고 웃는다. 뒷좌석에 횡렬로 앉은 노인들은 주말 산행 계획을 세우는 중이다. 큰 소리로 의견을 주고받다가, 고사리 근처에 뱀이 많기 때문에 가지 않겠다는 의견이 나오자 대화가 끊긴다. 앞머리에 분홍색 헤어 롤을 하나씩 매단 여중생이 둘. 입술을 붉게 덧칠하면서 처음 듣는 욕을 한다. 우산을 들고 있는 사람들이 유별나 보일 정도로 길이 말라 있다.

가을이라 좋은 점은 산책 반경을 넓힐 수 있다는 것.

오랜만에 집에서 먼 대공원까지 걷는다. 다리가 무거워져서 인공 호숫가의 거목 아래 잠깐 주저앉았는데, 타이트한 기능성 운동복을 갖춰 입은 사이클링 족이 멈춰 선다. 그들도 나무 그늘 밑에 자리를 잡고 앉는다. 그들은 가방에서 꺼낸 얼린 물과 과일을 나눠 먹으며 이런저런 이야기를 나눈다. 목수가 아니더라도 나무 일을 하는 것이 분명한 늙은 남자가 머리 위의 나무를 가리키며 말한다.

"이 버드나무요, 가볍기만 하지 아무짝에도 쓸모가 없어요. 가구로 만들어 놓으면 몇 년 못 가서 비틀어지고 휘어지고 그러거든요. 못 써요."

짐짓 심각한 얼굴로 다른 이가 말한다.

"영감님, 이 나무 다 듣습니다."

남자들이 한바탕 웃는다. 나는 버드나무를 검색해 보다가 아스피린의 주성분이 버드나무에서 추출한 것이라는 사실을 알게 되었다. 새벽의 뜨거운 이마 위에는 버드나무 그늘이 필요하다.

"버드나무를 대신해 나에게도 쓸모가 있어요!"

외치고 싶었지만.

지난여름 소나기가 쏟아지던 날, 빵집 안의 장면들이 떠오른다. 물그림이 마르는 동안 빵집 안의 살아 있던 표정들. 호수의 물이 다 마를 때까지 살아 있기 때문에 계속해서 살게 될 버드나무를 올려다보다가, 빵 냄새를 맡는 것이다.

새벽 5시의 단편들

창밖의 젖은 나무들을 보고 있자니 새벽은 물로 빚은 시간이라는 생각이 든다. 물에 젖은 골판지처럼 빛이 통통하게 부푸는 것을 본다. 감청색 하늘이 외꺼풀을 뜬다. 신의 눈알 속에 가둔 저수지는 이런 모습일 것이다. 희미한 눈망울이다. 지루한 낚시꾼들에게 허탈한 웃음을 선사하기 위해 구두 한 짝 던지고 싶은 눈망울.

시침핀처럼 공중에 꽂힌 십자가. 야간 노동자들의 피곤한 표정이다. 빛나는 것이 빛 속에 놓여 있다. 이제부터 시작될 낮이 그런 시간이다. 우리의 빛을 감추는 빛 속을 떠돌게 될 시간. 결승선에 가장 먼저 도착하는 육상 선수의 다리처럼 빛줄기가 거실 바닥에 정강이를 뻗을 때, 그 빛줄기를 따라가 보고 싶다. 단 한 번이라도 태양과 눈 맞춤 할 수 있을까.

이 호기심을 만족시키려면 아주 긴 시간이 필요하다. 지금까지의 삶보다 더 긴 시간이 걸릴 것이다.

가슴에 큰 구멍이 난 그림자가 날아간다. 까마귀다. 날개가 검고 가슴에 흰빛이 도는 새. 조류 도감을 읽는 취미가 없으니 까치일지도 모른다. 우리에게 벌어지는 대부분의 일들은 너무나 빨리 지나가기 때문에 길운과 액운을 구별할 수 없다. 하늘을 날아가는 새와 물고기들도 닮은 점이 많다. 공중을 박차도 공중이고 물속을 박차도 물속이다. 벗어났다고 믿으며 같은 곳을 맴돈다. 새는 죽어서 물속으로 처박히고 물고기는 죽어서 하늘을 올려다본다. 새와 물고기가 살아서 눈 맞추는 장면을 상상하니 그 눈빛에는 쓸쓸한 메시지가 있을 것 같다. 내가 너를 잘 안다는 듯한 눈빛 교환.

이웃집에서 갓난아기가 운다. 새벽의 아기 울음소리는 대기의 물방울을 터뜨린다. 이웃의 아기는 지금쯤 젖병을 물고 새벽을 바라볼 것이다. 지금 보게 될 새벽의 장면들을 평생토록 그리워하게 될 것이다. 나는 돌 사진에서 발바닥이 검게 때 탄 양말을 신고 있다. 걸을 줄 모르던 때인데 어떤 의지로 발바닥을 더럽혔던 것일까. 기어서라도 하려 했던 일들이 무엇이었을까.

건넛방에서 애국가가 들린다. 텔레비전을 끄지 않고 잠든 누군가가 흑백 꿈을 꾸고 있는 것이다. 세 가족이 한 지붕 아래 산다는 것이 새벽을 사랑하게 했다. 서로 다른 눈을 뜨고 서로 다른 지붕 밑을 돌아다닐 수 있는 시간. 사람은 잠 속에 무의식을 묻어 놓는다. 몸의 눈꺼풀을 닫으면 꿈의 눈꺼풀이 열린다.

프로이트는 이를 빙산으로 설명했다. 수면 아래 잠긴 거대 얼음덩어리인 무의식, 수면 위의 일각이 의식이라는 것이다. 그것을 표현한 이미지를 보고 나무를 떠올렸다. 나무의 잠이 궁금하다. 나무는 자면서 동시에 깨어 있는 것일까. 반은 자고 반은 깬 몸이라면 나는 나무의 수명을 이해할 수 있다.

동이 틀 무렵에는 소파에 앉아 창밖을 본다. 이 시간에만 드러나는 색채와 표정들이 좋아서 잠들기가 아쉽다.
물로 빚은 새벽, 구름 속에서의 체험이다. 물끄러미 서서 부러워했던 진열장 속의 사물들처럼, 나와는 무관하게 신비로운 시간이다. 내 시야에는 모서리가 없어서 눈동자를 이리저리 굴리며 쳐다보았다.

누구의 손입니까?

노을에 대해 쓰고 싶다. 그러려면 손에 대한 이야기를 먼저 해야만 한다. 말로만 전해 들었던 그 노을을 머릿속에 떠올려 본 이후로 나에게 모든 날의 노을은 누군가의 손이기 때문이다.

사람이 사람에게 손을 펼쳐 보이는 동작의 의미.

워! 길모퉁이에서 튀어나온 내가 당신을 놀라게 할 때.

여기야. 먼 데서 다가오는 당신을 부를 때.

이제 그만. 마음에도 없는 말을 쏟아 내는 나에게.

이리 와. 아기 너를, 길고양이를, 귀여운 것을 안고 싶을 때.

돌려줘. 당신에게 준 내 것을 다시 원할 때.

이만큼. 다섯 개 혹은 열 개만큼의 무언가.

최고! 그건 우리의 하이파이브.
안녕. 잠시 만날 때.
안녕. 영원한 헤어짐.

그리고 나의 손이 하는 일 중 내가 가장 몰두하는 일은 아무래도 시를 쓰는 일인 것 같다. 나는 시가 다른 이에게 손을 펼쳐 보이는 것과 비슷하다고 생각했다. 나는 시가 당신을 깜짝 놀라게 하고 먼 데서 다가오는 자를 가까이 당겨 부르며 광폭에 휩싸인 자를 광기의 경계선까지만 건져 올리며 제정신 상태로 뒷걸음치게 할 뿐더러 사랑을 다정히 안기 위한 포옹이자 빼앗긴 나를 돌려받기 위한 저항, 단 하나의 몸짓 속에 숨어 있는 무한한 겹침, 환희에 찬 순간을 더욱 번쩍이게 만드는 마찰, 삶과 만나고 헤어지게 하는 영혼의 속삭임이라고 믿었다.

이것이 마냥 순진무구하기만 한 믿음인지 약간의 기대라도 걸어 볼 만한 믿음인지는 아직도 잘 모르므로 내가 노을에 대해 말하고자 함은 이와 같은 생각이 틀렸다고 말하기 위함이 아니다. 그저 단 한 번도 보지 못한 노을이 있다는 것에 좀 당황스러운 기분이 들었다는 것이다.

작년 여름에 A를 처음 만났다. 그는 술자리에서 내 시에 대해 몇 가지 질문을 던졌다. 난감했다. 편협한 대인 관계 탓이겠지. 내가 꾸준히 만나 온 사람들은 모두 시를 쓰고 있거나 적어도 시를 써 본 적이 있는 사람들이기 때문에 일상에서 시에 대한 질문을 받은 일이 거의 없었다. 단어 하나하나 신중하게 골라 대답했다.

A는 시를 쓰지 않는 사람이었고 시인에 대한 호감이 있는 것은 분명해 보였지만 자신은 시를 전혀 읽을 줄 모른다고 말했다. 시를 전혀 모른다는 사람에게, 그러나 시인을 기대하는 사람에게, 시를 뭐라고 말해 주면 좋을까. 어떻게 열심히 떠들었는지는 기억나지 않는다. 그러나 적어도 그때의 진심을 다해 이야기했었다는 사실만큼은 정말 다행이다.

자리를 떠날 때쯤 A가 말했다.

"나도 알아요."

"무엇을요?"

"나도 그냥 사는 건 아니니까요."

"그럼요. 그럴 거라고 생각해요."

"일터에서 사고가 많이 나요. 몸으로 하는 일은 몸으로 다치니까요. 한 번은 동료의 손가락이 잘렸어요. 떨어진 손가락을 챙겨서 택시를 탔어요. 동료가 옆에서 많이 울었어요. 피도 쏟아지고 눈물도 쏟아지고 죽는다고 우는데,

그걸 보기 싫더라고요. 창밖으로 고개를 돌렸어요. 병원에 도착하는 내내 난 창밖만 봤어요. 그때가 저물녘이었는데, 노을이 붉더라고요. 한남대교 위로 노을이 정말 붉었어요. 그렇게 붉은 하늘은 본 적이 없어요."

아무 말도 할 수 없었다. 그렇게 우리는 각자 다른 방향으로 걸어 헤어졌다.

그날 이후 자주, 노을이 번진 하늘을 올려다보려고 노력했다. 그러나 노을은 매일 타오르지 않았고 어쩌다 마주치게 된 노을은 생각처럼 붉지도 뜨겁지도 않았다. 단지 누군가 나를 향해 펼쳐 보인 텅 빈 손 같았다.

나는 사람이 언어의 빙판 위를 조심조심 걸어가는 존재라는 생각을 더 이상 하지 않는다. 시를 쓴다는 것은 언어의 빙판을 조금씩 두텁게 얼리는 일이라는 과거의 생각을 향해 돌을 던진다. 언어는 삶을 반영한다는 것을 알고 있었으나 나는 언제부턴가 빙점에 도달하는 속도를 올리기 위해 오직 언어만을 시의 질료라 생각했던 것이 아닌지. 시를 습관으로 쓰게 되는 것, 허영으로 쓰게 되는 것이 가장 큰 두려움이었으면서도 인간의 삶을 애정 어린 눈으로 바라본 적이 없다는 것. 그것은 깊게 잠든 이에게 늘어놓는 공허한 귓속말에 지나지 않는다.

나는 자주 A를 만나 고민을 늘어놓았고 한동안의 주제는 내 무력감이었다. 시가 아무것도 아닌 것 같았다. 시가 아무것도 아니라면 그 아무것도 아닌 것조차 제대로 못하는 나는, 더욱 아무것도 아니지 않나. 자신을 육체노동자라고 소개했던 A를 만나면서는 더욱 그랬다.

물론 어렴풋이 시의 몫에 대해서는 느끼고 있었지만, 내 손은 생활에 관련한 직접적인 것은 아무것도 만들어 내지 못하니 이처럼 무능한 손이 없는 것이다. 가끔 음울하게 세상을 바라보는 것 말고는 오랫동안 집중할 수 있는 일도 없다는 것. 이런 사실들이 나를 의기소침하게 했다. 시는 나 개인의 단순한 욕망 가운데 단 하나를 채우기에도 역부족이고 나는 언제나 나라는 창문으로만 고개를 내밀었기 때문에 정말로 시가 필요한 세상이 있다면 그 세상은 좀 별난 곳일 거였다. 시는 밥을 사 주지도 않는데, 외투를 입혀 주지도 않는데, 도대체 왜 시인은 자꾸자꾸 태어나는 걸까.

내가 시로써 충족할 수 있는 욕망은 어디까지나 정신적인 은유에 지나지 않았다. 그러나 노동의 육체를 동경했던 나의 시간은 노동의 육체를 갖게 해 달라고 빌었던 시간이 전혀 아니다. 그저 노동의 육체를 바라보며 발만 동동 굴렀던 시간이었을 것이다. 그 어쩔 수 없고 피할 수 없는 날들을 어떻게 감당하고 있냐고. 당신들이 너무 대단한 나머지 나의 하찮음을 견딜 수가 없어졌다고.

A는 왜 그런 생각을 하는지 도저히 알 수 없다는 얼굴로 말했다.

"그런가요? 시인에게는 시가 필요하지 않을 수도 있겠네요. 그런데 생각해 봐요. 누구는 나무를 하는 사람이고 누구는 쇠를 두드리는 사람, 누구는 가축을 기르는 사람이고 누구는 도축을 하는 사람, 누구는 밥을 짓는 사람이죠. 그들이 고달픈 하루치 노동을 마치고 각자의 집으로 돌아가 누워서도 내일의 노동만을 생각해야 할까요? 어느 이야기꾼 집에 모여 그의 이야기를 듣는 시간을 갖는다면요? 그것이 노동으로부터 그들을 잠깐이라도 해방시키는 일이라면요? 그들이 하루 종일 노동자이기만 한 건 아니에요."

A의 대답 속 이야기꾼이 시인이라고는 생각하지 않았지만 알 것 같았다. 일하려고 일하는 인간은 어디에도 없다. 시를 위한 시가 어디에도 없듯이.

A는 아직도 시인의 손이 많은 것을 한다고 믿는다고 했다. 나는 여전히 울적한 두 눈으로 세상을 바라보지만, 노을이 물들 때, 생존이 아니라 삶을 생각하는 인간에 대해 커다란 감동과 존경심을 느낀다. 삶의 난투로 피투성이가 된 현장에서 고개를 돌리고 붉게 타오르던 저녁노을을

바라보던 수많은 눈동자에 대해서도. 더 똑바로 바라보기
위함을 알며.

5부

천진난만하게
투명을 떠다니는 빛

사랑스러운 빛

시작은 가벼웠을 것이다. 왜 리모컨이 냉동실에 있는지 기가 막혀 웃거나 대문을 잠갔는지 몰라 되돌아가는, 신발을 짝짝이로 신어 창피를 당하는 정도의 건망증. 그러다 마당의 나무 이름을 잊고 자식들의 이름을 잊고 자신의 이름을 잊고 차례로 모든 말을 잊었으리라.

물에 번진 글씨를 읽으려는 사람처럼 큰 눈을 한참 동안 껌뻑이는 것. 그녀가 무언가 기억하기 위해 애쓰고 있다는 의미다. 그녀는 점점 더 많은 것을 잊었다. 살면서 경험한 모든 것이 적힌 수첩이 있다면 그걸 물에 빠뜨린 사람 같았다. 얼른 내 이름을 부르지 않고 멀뚱멀뚱 쳐다만 보던 그녀가 낯설었다.

그녀가 나를 아주 못 알아볼 정도로 병세가 나빠진 후에는 외갓집에 가지 않았다. 그녀는 내가 누구인지 기억나지 않자 이렇게 말했다.

"미안해서 어떡하지."

그 말이 정말 무서웠다.

그녀만큼 사랑한 노인이 없다. 엄마의 엄마라는 이유만으로도 그녀를 애틋하게 느낄 이유는 충분했다. 외가에 가는 것을 기피하던 아버지 때문에 외갓집은 언제나 멀었는데, 사랑이 그렇다. 장애물 앞에서 더욱 뜨거워지지 않나. 2, 3년에 한 번 여름방학에만 갈 수 있는 외갓집이었다. 그곳에 누워 있으면 그녀는 잠든 내 곁을 지키고 앉아 모기를 잡고 부채질을 했다. 엄마의 엄마가 아니었더라도 사랑하지 않았을 리 없다.

모든 말을 지우고서도 미안하다는 말을 남겨 둔 사람. 다 사라지고 미안함만 덩그러니 남은 상황이, 나보다 더 어린 눈을 한 노인이, 나는 불편했다.

기억하는 그녀의 마지막은 이게 전부다. 거동할 수 없게 되자 외숙부가 모셔 갔고 이제 외갓집에는 아무도 살지 않는다는 소식만 전해 들었다. 엄마가 내게 허락한 죽음의 수위였다.

병들었다는 사실까지도 알뜰하게 미안해했던 그녀는 오래 앓지 않고 황급히 떠났다. 1년만이었다. 빈집이 된 외갓집은 내 상상 속에서 을씨년스러운 분위기를 자아내는 꽤 그럴듯한 흉가가 돼 갔다. 사람이 살던 집에 더는 사람이 살지 않으면 모름지기 그 집은 사람 아닌 존재가 주인이 되는 법이니까.

그녀가 아프고 난 후 줄곧 방치돼 오던 외갓집에 간 적이 있다. 아마 첫 성묘를 가던 날이었을 거다. 외갓집은 영산강이 멀지 않은 곳에 있다. 파란 슬레이트 지붕의 커다란 양곡 창고를 돌면 칠 벗겨진 녹색 대문이 있다.

긴장이 됐다. 오랫동안 관리되지 않은 빈집을 독차지하고 있을 음산함이라도 기대했던 것 같다. 그러나 대문을 열고 들어가 처음 본 마당엔 생기가 넘쳤다. 대추나무와 감나무도 죽지 않고 살아남아 있었다. 잡초가 무성했지만 그런대로 집과 어울렸다. 이상한 기대감을 품고 있던 나를 제외하고서 모든 것이 자연스러웠다.

여기까지는 그날 본 빛을 전달하기 위한 구구절절이다.

대부분의 세간이 정리된 외갓집은 기억하기보다 넓었다. 어리둥절했다. 집이 비어 있었다는 느낌이 들지 않았기 때문이다. 빛으로 가득 차 있었고 눈부셨다. 죽음으로부터 삶을 위협받지 않는 천진난만한 표정의 빛. 실어증에 걸린 유령처럼 투명을 떠다니는 빛. 그런 빛으로 빽빽했다. 매일 태어나고 매일 죽음을 맞이하는 순진한 빛이, 거기 계속 살고 있던 것 같았다. 길게 뻗은 빛줄기가 울창해서 숨이 잘 쉬어지지 않았다. 살갗을 현미경으로 들여다보는 것처럼 먼지들은 끝없이 움직였고 어지러웠다.

엄마가 쓸고 닦는 동안, 살아 있는 빛을 바라보았다. 오랫동안 혼자 살았던 그녀는 이 빛과 함께 지냈다. 그녀가 떠난 뒤에도 빛은 여전히 남아 그녀의 사생활을 간직하고 있었다. 반가워서 눈물이 다 났다. 마침내 그녀가 더 좋은 곳으로 갔다고 믿을 수 있었다.

그 빛에 대한 경험은 자세히 설명하려 할수록 그날과 멀어진다. 이따금 사람들에게 그 빛에 대한 이야기를 해 보려고 노력한 적도 있었지만 늘 도중에 그만두었다.

어떻게 말할 것인가에 대한 문제는 어떻게 살 것인가에 대한 문제보다 실존적이고 시급하다. 따지고 보면 같은 거라고 볼 수도 있는데 이건 그런 고차원적 태도가 아니다. 어느 쪽이 더 나를 쥐고 흔들어 왔는지를 헤아려 보면 된다. 어떻게 말할 것인가에 대한 문제다.

말에 대한 문제로 나는 늘 곤란을 겪었다. 살면서 말 때문에 남에게 미움 사는 일도 있었고 어쩌면 그 비난들은 말보다 말이 아닌 것에 원인이 있었을 수도 있다. 그러나 중요한 건 내가 나를 용서할 수 없는 지점이 대체로 말에 있었다는 것이다. 목구멍을 떠난 말들이 끝까지 머리맡에 달라붙어 나를 책망하게 했다.

나는 눌변도 달변도 아니다. 다만 진심은 무의식보다 지극히 의식적인 상태에 가깝다고 믿는다. 생각 없이 뱉은 거친 말보다 충분히 조탁한 우아한 말이 더 진심에 가깝다고 믿어 보는 것이다. 그렇게 믿으면 덜 괴롭다. 나를 혼내느라 잠 못 드는 밤이 두렵다. 즉답의 상황으로부터 멀수록 안전함을 느꼈다. 말보다 글이 아늑했다.

독립적이지 못한 나는 늘 친구나 연인을 쫓아다니며 편지를 써 댔다. 많은 날은 하루에 열 통이 넘는 편지를 쓴 적도 있다. 의미 있는 사람이 되고 싶어서 의미 있는 말을 전하기 위해 얼마나 나와 상대방의 관계를 샅샅이 뜯어 살폈나. 모든 것이 사랑받고 싶다는 욕망으로 수렴한다는 것이 슬펐지만 당장의 외로움을 어쩌지 못했다. 하지만 사랑은 더 많은 사랑을 기대하므로, 그것은 필연적으로 충족되지 않았으므로, 소외감은 가시지 않았다.

글쓰기의 원천이 저마다 다양할 테고, 사실 그렇게 다양한 것 같지는 않지만, 어쨌든 나는 외로운 게 싫어서 뭔가 말하려고 들거나 써 댔다. 그런데 말하는 것도 쓰는 것도 아니라면 도대체 무엇으로 나를 구제할 수 있을까. 구제

불능의 나를 그대로 두는 것 또한 외로운 결과다.

잠깐 옆길로 새 보자면 빛에 관한 영화 이야기를 해 보고 싶다. 고레에다 히로카즈의 「환상의 빛」. 여자는 어린 시절, 치매에 걸린 할머니가 육교 너머로 사라지는 것을 지켜본 적이 있다. 할머니는 집으로 돌아가자는 여자에게 고향에서 죽고 싶을 뿐이라는 말을 남겼다. 끝내 할머니가 돌아오지 않자 여자는 강하게 붙잡지 않은 자신을 탓한다. '왜 그랬을까?' 여자는 자기 자신과 사라진 할머니에게, 대답이 돌아오지 않는 질문을 던지며 이따금 육교 위를 달리는 악몽에 시달리기도 한다.

여자는 성인이 되어 결혼을 하고 평온한 가정을 꾸리게 됐다. 그런데 어느 날 남자가 돌연 죽어 버린다. 유서도 이유도 없는 자살이다. 그의 죽음을 목격한 기관사는 말했다. 철로를 걷던 남자가 경적이나 급정거 소리에도 전혀 뒤돌아보지 않았다고. 무언가에 홀린 사람처럼, 전차에 치일 것을 알면서도 망설임 없이 걸어갔다는 것이다.

여자는 갓난아이를 키우며 남겨진 삶을 살아간다. 재혼도 하고 나름대로 상처를 극복한 듯 보인다. 그러나 남자의 자살에 대한 생각으로부터 온전히 벗어날 수는 없다. '그는 왜 자살했을까? 왜 철로 위를 혼자서 걸어가고 있었을까?'

질문에서 헤어나지 못하는 여자에게 남편이 이런 말을 한다. 옛날에 배를 타던 아버지는 곧잘 바다가 당신을 부른다고 했다고. 배 위에 홀로 있을 때면 바다 깊은 곳 빛이 보이는데 그 빛이 자신을 유혹하는 것 같았다고. 남자가 본 것도 그런 빛이 아니었겠냐고.

빛은 어떤 경험을 만나 아주 특별한 힘을 가지게 된다. 도처에서 마주치는 빛들은 모두 같은 빛이 아니다. 인간은 끝없이 경험을 거듭하며 살아가기 때문에 어떤 빛은 우리를 집요하게 괴롭히고, 또 어떤 빛은 뿌리칠 수 없이 우리를 유혹한다. 또 어떤 빛은 천연덕스러운 위로를 건네는 빛, 또 다른 순간에는 우리를 물끄러미 바라보고만 있다.

그래서 때로는 언어보다 강렬한 설득력을 가진 빛을 만나기도 한다.

외갓집에서 본 빛에 대해 생각한다. 그 빛이 왜 현기증이 날만큼 압도적이었는지 외할머니의 죽음과 더불어 내 절망적인 마음이 작용했다고 설명할 수도 있을 것이다. 하지만 나는 그러는 게 좀 폭력적일 뿐더러, 그 빛을 훼손하는 일인 것 같다. 나 역시 나 자신에게 대답이 돌아오지 않는 질문을 던지다가 그 빛을 만났던 게 아닐까.

이 글은 시에 관한 글이라기보다는 그 빛을 어떻게 말할 것인가에 대한 자문자답에서 출발했는데, 우연히 시에 대한 내 태도를 대신할 수도 있을 것 같다는 예감이 든다.

쓰려고 앉으면 세상을 놀라게 할 말을 하고 싶다는 욕망이 시도 때도 없이 인다. 하지만 그 마음은 연인마저 부담스러워할 정도로 써다 바친 편지들과 비슷하다는 것을 알고 있다. 처참한 결과를 상상하면서 나 자신을 협박하는 방법은 꽤 효과적이나 지나치게 겁에 질린 태도로는 할 말이 없었다.

내가 놀라운 빛에 대해 말해보려 할 때마다 관두게 되었던 이유도 이런 까닭이다. 나 혼자만의 감상이 끼어들어 이야기가 망가져 가는 것을 감지했거나 상대방이 흥미를 가져 주지 않으니 혼자서만 딴 세계를 헤맬 때, 그 소외감이 싫었다.

반드시 실패할 것을 알면서도 말할 수 있는 데까지 말해 보겠다는 마음이 얼마나 거창하고 쑥스러운지 모르겠다. 평상시 떠들고 다니는 나의 말들이 대개 이렇게 무모하다 느낀다. 뻔뻔해지거나 용감해지는 것 말고는 이 문제를 돌파할 지혜가 없다. 그럼에도 앞선 이야기를 다시 한번 적어 보려 했던 이유는 별 게 아니다. 뻔뻔하지도 용감하지도 못한 내가 무모함을 무릅쓸 만큼 잊히지 않는 일이기 때문이다.

사랑스러운 빛이었다.

새가 말을 건다면 대답할 수 있겠니?

거실 소파에 앉아 창밖을 바라보고 있을 때다. 베란다에 내놓은 장독 위로 불현듯 직박구리 한 마리가 날아와 앉았다. 새는 나를 바라보았다. 작고 새까만 눈동자가 무엇을 응시하고 있었는지 정확히 안다고 하자니 허풍선이 같겠지만 정말이다. 직박구리는 분명히 나를 똑바로 바라보며 뭐라고 했다. 무슨 뜻일까. 가까이 다가가 쪼그려 앉았다. 새와 내가 방충망을 사이에 두고 마주보았다.

"안녕?"

"삐요삐요."

"여긴 어쩐 일이니?"

"빼애애애."

우리는 한참 동안 서로에게 수신될 수 없는 소리만을 의미

없이 주고받았다. 이토록 경이로운 순간은 동영상으로 찍어 둬야지. 휴대폰을 들자 새는 날아가 버렸다.

할 말이라도 있었을까. 이런 적은 처음이야. 우리 집 개를 제외하면 동물이 나에게 먼저 말을 건 적은 없으니까. 심장이 두근거렸다. 권태로운 나의 삶을 구원할 하늘의 전언이 아니라도 좋아. 삶에 아무런 영향을 미치지 못할 시답잖은 농담이라도 좋아. 다만 의미를 알고 싶었다. 새의 말이 무엇이었는지 몰두하는 것만으로 이미 산송장 같은 나의 일상에 막대한 활기가 감돌았다. 가만, 새도 말을 하던가?

마감에 쫓겨 밤샘을 하고 있으면 동틀 무렵 새소리가 들려왔다. 어김없었다. 파인다이닝 테이블 위의 본차이나 그릇들을 한꺼번에 내던지는 듯 난폭한 소리다. 아이들이 엄지와 검지에 끼운 작은 심벌즈를 일제히 챙챙거리는 것처럼 질서 없는 소리다. 언어 혹은 음악이라고 부를 수 없는 혼돈의 합주 시간이 되면, 나는 이번 원고가 망해 가고 있음을 예감하곤 했다. 도대체 새들의 혈관 속에는 어떤 악동이 흐르고 있기에 내 원고가 망했다고 저리도 친절히 알려 주는 것인가.

이게 여태껏 직접 체험한 새소리의 거의 모든 것이다. 형광등이 깜빡이는 소리를 구태여 들으려 하지 않듯, 차바퀴가 도로 표면을 스치고 지나가는 마찰음을 애써 들으려 하지 않듯, 나에게 일상의 새소리는 죽은 소음에 불과했다. 그러나 직박구리와의 대면 이후 나는 새와 사랑에 빠졌다. 이종(異種)의 소리에 귀를 기울이며 정확한 의미를 알기 위해 정신적인 에너지를 쏟는 것, 우리가 나 이외의 존재를 사랑할 때 가장 먼저 하는 일이 아닌가.

버드콜을 구했다. 들새 관찰자들이 새를 부를 때 사용한다는 도구다. 손가락 두 마디쯤 하는 원통형 나무 조각으로, 위아래를 비틀면 새소리와 비슷한 소리가 났다. 다른 종의 동생(개)을 산책시킬 때마다 버드콜을 들고 다니며 새를 불렀다.

나는 이 구역의 미친 새란다. 머리 검은 수상한 새가 너희들의 영역에 침입했으니 어서 순찰을 오거라.

나는 이종의 신비가 물씬 풍기는 미래의 새란다. 구애하지 않아도 용서할 테니 무슨 말이라도 걸어 주거라.

당연히 바라는 일은 벌어지지 않았다. 물론 전보다 더 다채로운 새소리를 만끽할 수는 있었지만 그들이 무슨 말로 대답하는지는 알 길이 없었다. 노후에는 꼭 야생의 허허벌판으로 탐조 활동을 다닐 테다. 사람과의 대화 말고 새와의 대화에 골몰할 테다. 그런 낭만적 다짐만 남은 헛수고였다.

그즈음 발견한 책이 있다. 『새는 왜 노래하는가?』라는 제목의 책. 물론 내가 궁금해하던 것은 '왜'가 아니라 '무엇을'에 가까운 질문이다. '새는 왜 노래하는가?'가 아니라 '새는 무엇을 말하는가?'가 궁금했다. 정말 하루 종일 뭐라고 지껄이는가. 시인이 된 지 10년도 채 되기 전에 세상에 대해 할 말이 바닥나 버린 나 같은 천치에게, 종일 떠들어 댈 것이 남아도는 천재를 좀 나눠 줄 수는 없는가. 그러나 이 책은 나의 질문이 너무나 얼빠진 질문이라는 것을 확인시켜 주었다. 질문 자체를 무화하는 새소리의 비밀로 가득했기 때문이다.

> 동물의 음성을 메시지가 아닌 일종의 예술 작품으로 이해하면 재미있는 상황이 전개된다. 이제 자연은 더 이상 다른 세상의 수수께끼가 아니며 즉시 아름다운 그 무엇, 즉 우리가 끼어들 수 있는 여지가 풍부한 그런 음악 작품으로 거듭난다. (……) 새소리를 생명의 음악이라고 부른다면 그 소리 안에는 인간성이 들어설 자리가 생긴다. 반면, 새소리를 언어라고 한다면 그 소리는 인간이 알아들을 가망이 전혀 없는 외계어일 뿐이다.[7]

7 데이비드 로텐버그, 신두석 옮김, 『새는 왜 노래하는가?』(범양사, 2007), 22~24쪽.

인간이 짐작해 볼 수 있는 새소리의 목적은 크게 두 가지로 요약된다. 짝을 유인하기 위한 것과 세력권을 지키기 위한 것. 그러나 그날의 직박구리가 나를 짝으로 점지해 유인하려 했을 리 없고, 5년째 잘 살고 있는 남의 집 베란다에 다짜고짜 찾아와 자신의 세력권에서 나가라고 했을 리 없잖은가.

책에서는 새소리가 특별한 메시지를 담은 신호음과 명확한 메시지가 담겨 있지 않은 노랫소리로 나뉜다고 이야기한다. 명확한 메시지가 담겨 있지 않은 노랫소리? 인간의 언어활동에도 그와 같은 형식이 있다. 아마도 시일 것이다. 그렇다면 시를 읽고 쓰는 자들이야말로 새와 동류라고 할 수 있지 않을까.

새의 노랫소리를 보다 풍요롭게 감상하기 위한 가이드북에 가까운 이 탐구서가 시론집으로 읽히기까지는 오래 걸리지 않는다. 시는 해석하려고 할 때, 메시지를 캐내려고 할 때, 의미로부터 나를 소외시키곤 했다. 시는 해석을 내던질 때, 도식적 접근을 포기할 때, 기꺼이 느낌으로 출렁거렸다. 새소리도 마찬가지였다니. 내가 바보였다니.

책에서 저자 데이비드 로텐버그는 새소리를 기술하고 해석하기 위한 체계적이며 과학적인 실험들은 물론,

새의 뇌를 조명하는 생물학적 접근, 문자언어로 받아 적은 새소리부터 악보의 형식을 빌려 적은 새소리까지, 나아가 새소리가 던져 주는 문학적 영감으로 쓰인 시들에 이르기까지 공평하게 서술한다. 그러나 그의 목적은 거기에 있지 않다. 단지 노래하는 기쁨만으로 노래할 뿐인 명금들의 음악에 기꺼이 동참하려는 것이다. 더 많은 이들에게 새의 노래를 음악으로써 감상할 수 있게 하는 것. 눈앞의 아름다움을 바라보게 하는 것. 일상의 오케스트라에 귀 기울이도록 하는 것. 그것이 목적이다.

> 음악적 재능을 지닌 회색고양이새는 다른 새의 노래를 흉내 내어 아름다운 노래에 야옹하는 고양이 울음소리와 귀에 거슬리는 고음을 삽입하면서 시간을 보낸다. 감미로운 멜로디 이상의 뭔가로 세상을 격렬하게 흔들어 놓는 이 새를 아방가르드적인 재즈 연주자로 봐도 좋을 것이다.[8]

자연의 질서 안에 효율성의 법칙만이 작동한다면 새의 노래가 이토록 복잡하고 섬세해야 할 이유는 없다. 종족 유지를 위한 몇 가지 간단한 의미를 전달하기 위해 체력

8 같은 책, 179쪽.

소모와 시간의 소요가 무리한 방식을 선택했을 리 없을 테니까. 새들에게는 분명 미적 가치관과 아름다움에 대한 추구가 있다. 시가 그렇듯이 말이다. 새소리. 새의 울음소리. 새의 노랫소리. 새의 지저귐. 새의 우짖음.

그러나 새의 말소리라니. 그런 표현은 얼빠진 나 말고는 쓰지 않는다. 인간의 언어를 흉내 내는 몇몇 앵무새들의 걸쭉한 목소리가 아니라면, 인간은 새소리를 새의 말소리로 생각하지 않는다. 이미 지혜로운 선지자들이 새소리를 노래로써 혹은 소리의 원형 그 자체로써 이해하고 있지 않은가.

여전히 버드콜을 비틀며 산책길에 나서지만 나도 더 이상 새가 뭐라고 하는지 궁금해하지 않는다. 새가 무슨 말을 한다고 해도 나는 대답할 수 없으므로. 새가 노래하는 것이기 때문에 흔쾌히 들을 수 있다. 나는 노래를 좋아하니까. 어느 산책길에는 처음 듣는 노래가 들렸다. 공명음이 맑은 목관악기 소리를 닮았다. 붉은 부리에 노란 몸통, 검은 가면을 쓴 꾀꼬리였다. 버드콜에 화답한 것일까. 만족스러운 합주였다.

다시 태어난다면 무엇으로 태어나고 싶냐는 질문에 엄마는 말한 적 있다.

"죽으면 새처럼 멀리 날아갈 거야. 그걸로 끝이야."

분위기가 무거워질까 봐 내가 얼른 대답했다.

"나는 새로 태어나야지. 현생에서 못 이룬 가수의 꿈을 그렇게라도 이뤄야지."

그렇다면 장독 위로 날아온 직박구리는 누구의 후렴이란 말이지?

백 년을 기다렸고 오늘 나는 죽는다

첫눈은 나를 비껴갔다. 서울 경기에 첫눈이 내린 날, 나는 눈을 피해 달아나기라도 한 것처럼 마침 그곳에 없었다. 다정한 친구들이 첫눈 내린 풍경을 사진 찍어 보내 주었다. 완벽하게 흰 것을 보면 긴장이 된다. 결정적인 사건을 향해 팔 벌린 무방비한 온몸이 된다. 사진 속 지붕들이 설탕 가루를 뒤집어쓴 케이크 같다. 희고, 아직은 희기만 했다.

그 후에도 나는 첫눈을 볼 수 있는 몇 번의 기회와 보기 좋게 어긋났다. 어느 오후에는 카페에 앉아 오지 않는 손님을 기다리는 가게 점원처럼 엎드려 있었다. 크리스마스 장식에 찢어 붙인 탈지면을 바라보는 중이었다. 나뭇가지에 매달린 솜뭉치들은 겨우내 눈송이의 역할을 해낼 것이다. 올 겨울은 그냥 이렇게 갈 건가 보다, 첫눈 없이.

그때 전화가 왔다. 엄마가 전화를 걸어 이름을 부르고 시작하는 일은 좀처럼 없는데, 계영아 불렀다. 심상찮은 일이 생긴 것이다. 할머니가 가셨다고 했다. 그렇게 될 일이 그렇게 된 것이다.

살아 있는 기억은 감각과 함께다. 기억은 서류 더미로 꽉 찬 거대한 캐비닛에 어떤 사실을 요약해 끼워 두는 것이 아니다. 기억은 장소가 뒤척이던 소리, 맞은편 사람이 입고 있던 색깔, 창밖의 날씨, 피부에 스미던 온도 들과 함께 재생된다. 그리고 기억은 죽어 가면서 빛과 소리, 냄새와 촉감으로 이루어진 날개를 하나씩 떼어 낸다. 마침내 배꼽만 남은 기억은, 지상에 내려앉아 천천히 사그라지는 눈송이처럼 죽어 간다.

모두 호상이라고 말했다.

살아 있는 기억이 너무 많아서 나는 끝내 할머니를 사랑하지 못했다. 그도 나를 사랑하지 않았다. 이유는 다름 아니라 내가 여자이기 때문이다. 할머니는 손주들을 소중히 아꼈으나 유일하게 여자아이였던 나는 제외했다. 내가 여자임을 스스로 마음에 들어 하기라도 할까 봐 노파심을 내는 듯이, 그는 틈틈이 나를 일깨웠다. 할 말을 다하지 못하게 했고 목청을 높이지 못하게 했다. 그는 여자를 멸시했다. 그도 여자였으므로 자신 역시 멸시했다. 그것만이 자신의 유일한 도리인 것처럼, 죗값을 치르기 위해 살아가는 사람처럼, 그는 그랬다.

스스로 죄라 여겼던 것은 한 가지인데, 다름 아닌 불임의 몸이다. 그는 손수 작은 부인을 들였고 내 아버지를 비롯한 여섯 명의 자식이 태어났다. 내가 없던 시절에는 어땠는지 알 수 없지만 내 아버지와 그 형제들은 두 어머니에게 치우침 없는 정성을 쏟았다. 나의 두 할머니는 할아버지가 죽고 자식들이 모두 출가한 집에서 30년을 더 같이 살았다. 여자들끼리.

살아 있는 기억 중 하나다. 열두 살 설날이었다. 할머니가 던진 100원짜리 동전이 디딤돌에 부딪혀 마당 위로 떨어졌다. 그 동전은 내게 던진 것이다. 아이들의 세배 순서가 끝나자 어린 친척 동생들이 푸른 지폐를 부채처럼 펼쳐 들고 뛰어다녔다. 나는 그 모습을 넋 놓고 보는 중이었다. 그때 그녀가 내게 던진 동전이었다. 기집애가 세뱃돈은 받아 뭐하냐는 말을 들었다. 이거면 됐다고 했다. 마당을 종횡무진 뛰던 남동생들이 일제히 멈춰 서 나를 바라봤다. 어쩔 줄을 몰랐다. 어쩔 줄 모르겠는 마음이 무엇인지, 어쩌면 그보다 훨씬 먼저 배웠을지 모른다. 그러나 이것이 살아 있는 기억 중 가장 오래된 '어쩔 줄 모르겠음'이다. 흙바닥에 떨어진 백 원짜리 동전. 동전이 굴러 떨어지는 소리가 솥뚜껑이라도 내던진 것처럼 귓가에 쩡쩡 울렸다. 마당 위의 동전은 남동생들의 호기심 어린 눈동자처럼 반짝였다.

줍고 싶지 않았다. 그러나 나에게 쏟아지던 동생들의 시선이 내 감정을 알아차릴까 봐 무서웠다. 얼른 동전을 주웠다. 아무렇지 않은 척 웃었다. 그렇게 해야 덜 창피하다고 계산할 테니까. 그때 나는 처음으로 여자인 게 모욕적이라고 생각했던 것 같다.

시간이 지나서는, 그때 동전을 줍고 얼른 웃어 보였다는 사실이 더 큰 모욕이었다. 할머니의 미움이 나를 향한 것이 아니라는 사실을 이해한 후에도 나는 할머니를 사랑하지 못했다. 서로를 사랑하지 못한 것은 누구의 잘못도 아니다. 다만 나는 그를 마주할 때마다 두려웠던 것이다. 어린 내가 풀이하지 못한 감정들이 할머니와의 기억을 오래오래 살려 두었기 때문이다.

장례식장으로 향하는 밤. 고속도로에서 첫눈을 맞았다. 헤드라이트가 비추는 곳마다 희끗한 눈발이 아른거렸다. 자동차 앞 유리에 달라붙는 눈송이들은 크리스마스 장식에 붙여 놓은 가짜 눈송이보다 더 가짜 같았다. 영원히 지금의 기억을 부유할 눈송이들.

입관실의 할머니는 생전의 몸집보다 더 컸다. 150센티미터가 채 되지 않는 조그맣고 마른 몸이었지만 수의를 겹겹이 덧입은 그가 몸을 부풀린 누에처럼 누워 있었던 것이다. 귓구멍과 콧구멍은 탈지면으로 막아 두었다. 영혼이 떠난 몸은 희고, 아직 희기만 했다. 얼굴을 만져 보았다. 평온한 얼굴이었다.

장례는 기독교식 절차를 따라 진행되었다. 요양병원에 머무는 동안 세례를 받았다고 했다. 숨을 거두기 일주일 전의 일이었단다. 할머니가 세례받는 모습이 사진으로 남아 있었다. 어린아이처럼 천진난만하게 웃는 얼굴. 백 년 만에 아주 기쁜 일이 생긴 것처럼 손뼉을 치고 있었다. 나의 부모는 물론이고 친인척들은 대부분 교회에 다니지 않았다. 가사지를 더듬어 가며 찬송가를 쫓는 목소리들이 불협화음을 냈다. 우리는 그에게 처음 배운 언어로 마지막 인사를 남겨야만 했다.

조문객이 뜸한 시간에는 창밖을 보며 시간을 보냈다. 밤새 함박눈이 내렸다. 그가 마침내 지상에 닿았다고 믿고 싶다. 백 년을 산다는 건 어떤 것일까. 모두 호상이라고 입을 모았다.

골목에서 두 아이가 다투고 있다. 한 아이는 가려는 아이를 붙잡고, 다른 아이는 붙잡는 아이를 뿌리치고 집에 들어가려 한다. 옷소매가 팽팽하다. 붙잡는 아이는 미안하다 말하지 못하고 연신 울상만 짓는다. 가려는 아이는 괜찮다고 말하지 못하고 빨리 대문이나 닫고 싶어 한다. 마침내 대문 닫히는 소리가 쾅 울렸다.

아침 인사

회사를 그만두기로 결심하고 책상을 정리하면서 꽃을 사오던 날의 기분을 떠올렸다. 내가 나를 놓친 지 오래되었다는 것을 막 눈치 채기 시작했을 무렵의 일이다. 매일 같은 시간에 몸을 일으켜 같은 장소에 나와야 한다면, 밥벌이라는 게 어쩔 수 없이 그런 거라면, 구두점이 필요했다.

점심시간에 밥을 거르고 화원에 갔다. 돌보는 일에 영 소질이 없는 데다가 의사 표현이 소극적인 대상일수록 돌보기 어렵다는 건 잘 알았다. 난이도의 문제는 중요한 게 아니다. 소질 없는 일에 도전하는 것이기 때문에 각성 효과가 더 클지도 모른다고 생각했다. 키우기 까다로운 식물이 무엇이냐고 물었다. 화원 주인은 내 표정을 보고, 아주 키우기 쉬운 편이라며 꽃 화분을 내밀었다. 작고 빨간

꽃이었다.

나는 꽃을 책상 위에 올려 두고 얘를 보기 위해 출근하는 거라고 스스로 타일렀다. 당연히 실패했다. 책상 위에 꽃을 올려 두는 것으로 나를 일으킬 수 있었다면 내가 머무는 생활공간마다 식물원이었을 것이다. 우울과 권태는 수증기 같아서 예리한 고통으로 피부를 파고들지는 않지만 안개처럼 눈앞을 가렸다. 나는 빨간 작은 꽃을 쳐다보지 않았다.

꽃은 금방 죽었다. 퇴사하던 날, 죽은 꽃나무를 안고 나왔다. 살려 보려는 건 아니었고 3만 원짜리 도자 화분이 아까웠다. 그 이후 나는 빨간 작은 꽃에 대해 다시는 생각하지 않았다.

동틀 무렵의 소리는 단단하고 맑다. 창밖의 자지러지는 새소리가 그렇고 이웃집 수도관에서 물 흐르는 소리가 그렇다. 강아지가 거실을 활보하는 발톱 소리와 누군가의 휴대폰 알람 소리가 그렇다. 엄마는 일어나서 가장 먼저 거실 한 켠 식물들에 물을 준다. 물을 주면서, 항상 소리 내어 식물의 상태를 읊조린다.

"지지대를 세워야겠다. 왜 테두리가 누렇게 마르지? 꽃 피었네. 잘 크네."

나는 침대에 누워 그 소리를 듣는다. 엄마의 이 많은 식물이 모두 어디에서 온 것인지 나는 모른다. 확실한 것은 엄마가 스스로 사 온 것도, 누군가 엄마를 위해 사 온 것도 아니라는 사실이다.

출처를 확실히 알고 있는 식물은 하나뿐이다. 칼랑코에는 내가 가져다 둔 것이다. 누군가 골목에 내다 버린 덩치 큰 관상 나무는, 큰 집에 살다가 작은 집으로 이사 가게 된 사람들의 것이었을지도 모른다. 옥상에 방치된 채로 몇 계절을 우두커니 서 있던 고무나무는 개업을 축하한다는 리본을 두르고 있었다. 친구 집 알로에가 새끼를 쳐서 얻어 온 알로에는 우리 집에서 몇 번이나 또 새끼를 쳤을 것이다. 내가 집에 가져다 놓은 빨간 작은 꽃. 이름은 칼랑코에다. 나는 이름을 몰랐는데 작은 플라스틱 팻말에 적혀 있는 이름을 엄마가 읽어 주었다. 꽃에게 꽃이 피었다고 알려 주는 것은 엄마의 아침 인사다. 나는 엄마의 아침 인사를 들으며 누구보다 안전한 마음으로 잠든다.

부록

완벽하게 너그러운
나의 친구

누군가 있어요

박서원, 『아무도 없어요』(최측의 농간, 2017)

육체적 건강과 아름다움을 투기의 대상으로 삼을 때 정신의 고통은 완전히 소외된다. 나는 나의 외연에 관한 한 거의 정원사에 가깝다. 균형 잡힌 생활과 즐거운 태도를 위해, 어수선한 근심의 삭정이들을 능숙하게 손질할 수 있다. 불면의 씨앗이 될 만한 것이라면 무엇이라도 눈꺼풀 아래 심지 않는다. 신체 건강이야말로 나의 건강이라고 믿기 때문이다. 그러나 불현듯 알 수 없는 신경증에 사로잡혀 완전히 어리둥절해진 채로 병원을 찾는 날이 있다.

"선생님, 잘 자고 잘 먹고 운동도 했어요. 해로운 것이라면 무엇이든 멀리 했는데요, 심지어 아무 생각조차 하지 않는다고요!"

흰 가운을 입은 의사가 나를 무심히 본다. 원인을 알 수 없는 두통, 원인을 알 수 없는 호흡곤란, 원인을 알 수 없는 오늘, 그러니까 또, 스트레스라고요?

> 난 태양을 찬미할 수 없게 되었지 건강을 집요히 추적했지만
> 12시간을 자야 정상인 나에게 세상은 무리였어 이파리 한
> 조각도 무거워 항상 헐렁한 걸 원했지 누구나가 살아가는
> 방법을 익히지만 난 그게 왜 그리 어려웠을까
>
> —「실패」에서

스트레스의 정체가 무엇인지 아무도 알려 주지 않는다. 건강을 쫓아가려는 육체적 긴장이 정신을 병쇠하게 만들 수도 있다는 말인가. 이파리 한 조각 들어 올리는 일조차 스트레스가 된단 말인가. 나는 멸균실의 빈대처럼 꾸물꾸물 병원을 빠져나오며 생각했다. 나의 건강과 내 삶의 준거를 평균에서 구하려 할 때 우리는 천천히 다치는 중인지도 모른다고. 오랫동안 서서히 다치고 별안간 통증을 감각하게 되는 오늘은 소외된 정신의 고통이 살갗을 찢고 형체를 드러낸 날이라고.

2012년 5월 타계한 박서원 시인의 첫 시집이 복간되었다. 그의 눈동자는 세상과 유리된 긴 잠 속에 감겨 있다. 나는 그가 생전에 어떤 외로움을 견뎠는지 짐작하며 슬픔에

잠기기보다, 죽음이야말로 그의 고향은 아닐까 생각했다. 외로움은 타자와의 관계 속에서만 인간을 드나들기에, 밀실 같은 잠, 밀실 같은 삶이라면 외롭지 않았으리라. 우리가 사회적 건강과 아름다움을 추구하며 개인적 정신의 고통을 제한하는 동안 시인은 자신만의 방에서 정신의 고통만을 매만지고 있었던 것은 아닐까.

땅 위에서 걷지 못하는 나와
모여드는 군중

누군가가 말했어
「발작하나 봐」
「간질인가 봐」

나는 말하고 싶었어
헌데 무얼 말해야 하지?
아직 귀여운 아가씨인 내가

그렇지 않아도 병원에서 오는 길이라고?

누군가가 또 말했어

「구경 그만하고 가자」

나는 행복하게도
이 시대에 살고 있지 않았던 거지

누군가가 가다가 되돌아왔어
「좀 더 구경하고 가자」

—「발작 · 1」에서

그러나 산 자가 죽은 자의 명복을 빌며 어설픈 자기 위로나 하고 있을 때 「발작·1」, 「발작·2」와 같은 시를 만나면 마음이 무너진다. 쇼핑센터를 어슬렁거리듯 외로움을 장만하러 다녔던 나는 밀실 너머 들려오는 희미한 목소리에 감응하는 시인 앞에 할 말을 잃는다. 그는 벽으로 둘러싸인 작은 방에서 희고 고요한 시간을 보내는 중인데 창문 너머 수군거림이 멈추지 않는다. 군중의 목소리가 밀실의 유리창을 빗방울처럼 두드린다. 고통은 전시된다. 군중은 소외된 정신의 고통엔 관심 없다. 오직 사회적 건강과 아름다움을 이탈한 육체를 구경하기에 바쁘다. 그의 창문으로 외로움이 주먹을 뻗는다.

외롭지 않은 삶은 없다. 밀실 같은 잠이라도 인간은 외롭다. 꿈꾸는 동안에도 인간은 외롭다. 아무도 없지만 바깥에 누군가 있다고 예감하기에 외롭다. 내가 할 수 있는 일은 하나뿐이다. 죽음의 세계에서는 삶의 수런거림이 들리지 않기를 비는 일, 삶을 죽음까지 질질 끌고 가지 않기만을 바라는 일. 그뿐이다.

밤의 이부자리에서 아침에 눈 뜬 사람에게

이영주, 『차가운 사탕들』(문학과지성사, 2014)

삶은 죽음의 것이고 죽음은 삶의 것이다. 삶과 죽음이 손을 맞붙잡고 데굴데굴 구른다. 죽은 것을 뜯어먹고 살아남은 우리에게 죽음이란, 눈앞의 요리이자 배 속으로 꺼진 에너지이다. 항상 같은 자리에 놓여 있던 사물이 사라지고 나서야 제 윤곽을 드러내듯, 삶의 쾌적함 또한 죽은 자들이 간신히 완성한 보금자리다. 삶은 내내 쾌적하지도 아름답지도 않기 때문에 우리는 삶이 스산해지는 매 순간 죽음을 빌려 와 꼭꼭 덮는다. 그러니까 삶의 아름다움 역시 죽은 자들의 것이나 다름없다. 죽음의 아름다움이 산 사람들의 작위인 것을 생각해 보라.

삶과 죽음, 과거와 미래, 꿈과 현실, 오늘과 내일은 어떻게 연속되는가. 시간이 직선 위를 이동하는 것에 불과하다면,

그래서 우리가 시간의 선박에 오른 승객들일 뿐이라면, 왜 창밖 풍경은 매일 똑같은가. 어째서 어제와 오늘은 온통 닮은 구석뿐인가.

시간은 차라리 정지되어 있다고 믿을 만큼 조금씩 부드럽게 움직이고, 원형 광장을 맴도는 사람들처럼 우리는 매번 같은 자리로 돌아와 눕는다. 일상이 아름답다고 말하기 위해서는 일상을 벗어나야 하고, 우리가 우리에 대해 말하기 위해서는 우리를 벗어나야 한다. 나는 나이기 위해 나의 바깥을 모색한다. 누군가 시를 왜 읽느냐고 묻는다면, 나는 이 시집을 선물하겠다. 반복되는 삶 속에서 자기 자신을 꾹 눌러 보기 위해 시를 읽는다는 대답도 덧붙이리라. 내가 알고 있는 한 시는, 손과 발이 부러지도록 존재 바깥으로 기어 나가 보는 일이기 때문이다.

『차가운 사탕들』은 시에 대한 은유가 풍성한 시집이다. 시는 삶과 죽음을 이해하기 위하여 생활이라는 구덩이를 기어 나온다. 시는 삶의 시야로부터 걸어 나간 사라진 대상을 응시하기 위해, 모두 떠난 빈집에 남아 지긋지긋하게 살아가는 사람들이다.

아름답게 사라졌다고 여기는 다른 이들의 죽음 그 압력

손등에 도는 푸른 피를 보며 아무것도 폭발시키지 못하는
밥솥처럼 점점 코를 흘렸다

개의 똥구멍을 보는 것이 쉬운 일은 아니에요 더군다나
시에서…… 그녀는 며칠 동안 굶었다 몸속에서 펌프질하는 이
뜨거운 손은 뭔가

그녀는 집에 있는 사람으로서 할 일을 다 했다 뼈 주변을
조심하며 뒹군다는 현실 그녀는 바닥에 친밀한 자세 어두운
모험에는 달콤한 잠의 취향이 있다

자기 안에 있을 때조차 밖으로 나갔다 심지어 늙기 위해
책을 읽었지 집을 구할 때는 무덤 생각을 해야 한다 털 빠진
개들이 어슬렁거리는 마당

통과하는 것들은 잡지 마

그녀는 우리가 슬퍼하는 죽음의 압력을 높여갔다 유령이
되는 꿈을 꾸었지만 무사히 육체로 다시 만져졌다 밥물이
끓어넘치고

그녀는 왜 자꾸 그녀보다 많이 가진 자를 먹여 주는지 그

개의 똥구멍에 붙어 있는 하얀 밥풀은 어떻게 할 거니 뒹굴
때마다 만져지는 옆구리 뼈

푸른 피는 바깥으로 나오면 붉은색으로 변한다 아무것도
폭발시키지 못하고 일요일에 잠이 들었다 주인이 사라진 이
무덤을 지킬 수 있을까 고소한 밥물 냄새 고소한 피냄새

—「도우미」

시인의 삶과 풍류가 흐르는 낭만자적한 삶 사이에 아직
관성이 남아 있는지는 잘 모르겠다. 그러나 집주인이
떠난 빈집에 남아 집주인의 빈자리를 쓸고 닦는 도우미의
모습이야말로 시의 모습 아닐까 싶다. 집주인이 떠났을
뿐이며 여전히 도우미가 남아 있어도 사람들은 이
집을 빈집이라 부를 것이다. 텅 빈 무덤으로 알 것이다.
탁상시계가 오래 놓여 있던 자리에 탁상시계가 사라지면
협탁 위로 탁상시계 모양의 빈자리가 남는 것처럼
시계가 만져지던 허공을 헛짚으며 잠에서 깨어나는
사람도 있겠으나, 그 순간 분명해지는 사실은 탁상시계가
사라졌다는 사실뿐이기 때문이다. 시는 존재가 벗어 놓고
간 투명한 옷가지를 수거해 세탁하고 뽀얀 먼지를 문질러
부재의 흔적을 지운다. 부재를 지움으로써 존재를 되살린다.

자기 자신의 뜨거운 압력을 견디며 아무것도 폭발시키지 못하고 오래 연명하면서.

눈사람의 나라에서 온 편지

신용목, 『누군가가 누군가를 부르면 내가 돌아보았다』(창비, 2017)

미래가 두려워 우는 사람을 본 적이 언제였더라. 살아온 날보다 살아갈 날들이 훨씬 더 많이 남은 사람들일까. 미래에 질식해 눈물 흘린다. 모르는 것이 많았던 어린 시절과 절망적인 괘만 점치던 사춘기 시절, 선뜻 떠오르지 않는 청사진을 안간힘으로 채색하며 살아가는 청년의 시간이 그렇게 운다. 미래에 물뿌리를 둔 눈물은 거꾸로 흘러간다.

그러나 끊임없이, 미래를 현재로 불러와 경험하게 만드는 것이 시간이다. 우리 앞에 놓인 미지의 상자가 열린다고 해도 삶은 일순간 역전되지 않는다. 물론 완전히 망해 버리는 일도 드물다. 미래는 차라리 빨랫감의 호주머니를 뒤집어 보는 일이다. 아무것도 없거나 500원짜리 동전을 발견하는 정도의 사소한 기쁨으로 오거나 물에 젖어 너덜너덜해진

지폐 한 장을 더듬는 일처럼 견딜 만한 슬픔으로 오거나. 만일 학수고대하던 소원이 성취된다고 해도 그것이 자신을 송두리째 바꾸는 일은 없다. 오히려 간절히 바라던 것이 이루어졌을 때의 실망감은 삶에 대한 권태를 서두르게 만들기도 한다. 사실은 나라는 존재가 아무것도 아닌, 이 세계에 그다지 결정적인 사람이 아니라는 사실을 깨닫게 되었을 때 오는 슬픔과 안도감. 미래를 포기하는 사람들의 마음에도 비슷한 슬픔과 안도감이 있다. 너무 비관적이라고 생각하는지. 나는 다만 영원에 이르는 마음에 대해 말하고 싶은 뿐인데.

미래? 정말로 그런 게 있다면 살고 싶지 않을 거야.

왜? 늙기만 할 거니까, 죽을 테니까.

구원은 내가 원하는 것을 주는 방식이 아니라 내가 원했던 마음을 가져가는 것으로 찾아온다.

어둠이 너무 커,

어둠을 끄려고

함박눈만큼 무수한 스위치가 필요했겠지.

함께라는 말 속에 늘 혼자 있는 사람과 혼자라는 말을 듣고
늘 함께 있는 사람들 중에서
너를 일으켰을 때,

네 눈에 박혀 있던 돌멩이처럼

너는 울었다.

—「눈사람」

그렇다면 미래에 큰 기대나 공포를 품지 않는 사람이 흘리는 눈물은 어디에 뿌리를 뻗고 있을까. 언젠가부터 당신이 눈물을 흘리는 순간에 떠올리는 것들이, 미래보다 과거의 일들이라면, 모두 지나간 일들 때문이라면, 당신을 눈사람이라 불러도 좋겠다. 그들은 살아갈 날들에 비해 살아온 날들이 너무 많은, 다 늙어 버린 존재일까. 그런 것은 아니다. 눈사람의 과거는 눈송이이고, 구름, 빗방울이고, 어쩌면 강, 분수대 천사의 오줌이다. 눈사람은 녹는 순간 다시 물이 되기 때문에 시간을 거슬러 올라갈 수 있다. 눈사람은 눈물을 흘림으로써 과거를 한 번 더 살아 볼 수 있고, 눈사람으로 다시 돌아올 수 있다. 이것을 정말 비관적인 미래관이라고 생각하는지. 눈사람에게 미래가

없는 것 또한, 다가오는 미래가 아닌, 끝없이 멀어지는 미래이기 때문이다. 영원히 오지 않는 미지의 미래. 두려워서 엉엉 울다가도 막상 현재에 당도하고 나면 시시해져 버리는 미래가 아니다. 그러므로 눈사람은 늙지도 죽지도 않지. 구원은 그런 것이다. 미래의 시간을 두려워하기보다 미래를 영원히 미래로 둘 때, 포기할 때, 구원은 가능해진다. 원하는 것을 얻는 방식이 아니라, 원하는 마음을 버릴 때에야 비로소.

『누군가가 누군가를 부르면 내가 돌아보았다』는 미래에서 눈사람이 보내온, 어떤 존재들의 아름다운 전생 목록 같다. 슬픔의 전생은 새이고, 동그라미의 전생은 빛과 주먹, 모래시계의 전생은 해변이다. 모든 나무의 전생은 지구를 향해 날아든 신의 화살이며, 세상의 모든 돌은 누군가의 비석이었다. 시집에 등장하는 전생의 기록을 일부만 밝혔지만, 이 시집의 황홀함을 짐작해 볼 수 있으리라. 과거를 끌어올려 흘린 현재의 눈물방울이 미래로 흘러간다. 언젠가 비가 내릴 것이다. 언젠가의 바다가 될 것이다.

미래를 포기한다는 것, 참 희망적이지 않은가.

내 꿈이 빚어낸 것일 외롭고 쓸쓸한 목소리

서대경, 『백치는 대기를 느낀다』(문학동네, 2012)

한 시인은 일평생 침대에 누워만 있었음에도 지상의 모든 곳을 전부 지나쳐 온 듯한 권태에 시달렸다. 그는 자신의 권태를 물리치고 흔쾌히 살아가기 위해 새로운 삶의 범위를 발명해야 했다. 그는 실재하는 세계의 격전지에서나 경이로운 자연의 명소에서도 언제나 뒷짐을 지는 편이었는데, 자신의 눈꺼풀 안쪽에 무수히 긁힌 자국들을 들여다보기 위해 잠든 어느 날, 깨어 있을 때보다 더욱 격렬한 감정을 느꼈다. 시인은 깨달았다. 자신의 삶에 항상 꿈이 동반하고 있다는 사실을 말이다.

꼭 그의 경우가 아니더라도, 당신도, 나도, 삶의 3분의 1쯤을 꿈속에서 보내고 있다. 그러므로 엄밀히, 꿈의 세계는 현실의 일부로 받아들여질 필요가 있다. 그러나 꿈은

지도에서 추방당한 영토다. 누구도 꿈을 자신의 터전으로 삼지 않는다. 비밀이 귀와 입술 사이에서 팽창하듯이, 꿈이 낮과 밤 사이에서 은밀하게 부풀고 있다는 것을 그는 안다. 때로는 꿈의 영역이 꿈 바깥 영역을 추월하며, 꿈이 비추는 자리에 실체의 본질이 맺힌다는 것 또한 알고 있다. 그래서 그는 매일 잠을 잤다. 그리고 의식의 바깥으로 추방당한 땅이자, 현실의 일부인, 꿈에서 응시한 것들을 열심히 기록했다. 필경사의 자세로. '바틀비'적으로.

> 바람이 자꾸만 새가 되는 것은 내가 꿈을 꾸고 있기 때문인데 자신의 꿈속으로도 이런 흰 새들을 들여놓고 싶으며 그런 의미에서 내 도움이 필요하다고 했다 그렇지만 당신의 꿈속으로 들어가기 위해서는 일단 내 꿈 밖으로 나가야 하는데 내가 내 꿈 밖으로 나가게 되면 당신을 꿈꿀 수가 없으므로 낭패가 아닌가요 하고 내가 말했다 그녀는 말하길 확실한 것은 나와 그녀는 꿈을 꾸고 있으며 (여기서 그녀는 잠시 머뭇거렸는데) 사실 나는 그녀가 꾸는 꿈속의 꿈이라는 것이다
>
> —「정어리」에서

우리도 마찬가지일 것이다. 나는 매일 잠을 자고, 거의 매일 꿈을 꾸며, 어떤 꿈은 꿈 바깥 시간보다 격렬한 감정과

이미지를 남긴다. 기억나지 않는 꿈은 기억나지 않는 것일 뿐이다. 꿈속에서 꿈 바깥 영역을 간직하지 않는 것과 같은 이치다. 나는 꿈에서 거의 눈동자로, 어떤 감각점으로만 존재하며, 나를 제외한 것들을 보고, 나를 제외한 것들만 만진다.(가끔 꿈속에서 나의 온전한 형상을 목격하게 되었을 때에도 그는 타자에 불과하다.)

꿈의 바깥에서도 이는 마찬가지기 때문에 꿈의 안팎은 경계가 모호하다. 선망해 본 적도 없는 배우가 느닷없이 꿈에 출현해 깊은 감정을 나눈 뒤, 그가 나오는 텔레비전 화면을 응시하며 혼자 아련한 감정에 빠지는 일 정도는 주위에 흔한 일이다. 눈꺼풀 바깥 세계의 한계 때문에 이루지 못한 관계, 가지 못한 장소, 하지 못한 일들은 눈꺼풀 안의 세계에서 불쑥 실현된다. 그러나 꿈의 반영은 우리의 염원과는 관계가 없을 뿐더러, 특별히 친절한 방식을 띠지도 않으며 때로는 난폭하기까지 하기에, 꿈의 안팎은 구별이 어렵다.

우리의 희망이나 절망에 관심이 없는 것은, 꿈 바깥의 세계도 마찬가지 아닌가. 눈꺼풀의 안과 밖은 동시이자, 상호적이면서도 개별적인 시간이다. 우리의 가능성이다. 이곳이 전부가 아니라는 가능성. 현실에 맺힌 내가 나의 전부가 아니라는 가능성.

어느 날 나는 염소가 되어 철둑길 차단기 기둥에 매여
있었고, 아무리 생각해봐도 나는 염소가 될 이유가 없었으므로,
염소가 된 꿈을 꾸고 있을 뿐이라 생각했으나, 한없이 고요한
내 발굽, 내 작은 뿔, 저물어가는 여름 하늘 아래, 내 검은 다리,
내 검은 눈, 나의 생각은 아무래도 염소적인 것이어서, 엄마,
쓸쓸한 내 목소리, 내 그림자 하지만 내 작은 발굽 아래 풀이
돋아나 있고, 풀은 부드럽고, 풀은 따스하고, 풀은 바람에
흔들리고, 나의 염소다운 주둥이는 더 깊은 풀의 길로, 풀의
초록, 풀의 고요, 풀의 어둠, 풀잎 매달린 귀를 간질이며 기차가
지나가고, 풀의 웃음, 풀의 속삭임, 벌레들의 푸른 눈, 하늘을
채우는 예배당의 종소리, 사람들 걸어가는 소리, 엄마가 날
부르는 소리, 어두워져가는 풀, 어두워져가는 하늘, 나는
풀 속에 주둥이를 박은 채, 아무래도 염소적일 수밖에 없는
그리움으로, 어릴 적 우리 집이 있는 철길 건너편, 하나둘
켜지는 불빛들을 바라보았다

—「차단기 기둥 곁에서」

어느 날 (꿈의 안에서건 밖에서건) 당신이 염소가 되었다면, 당신의 발굽과 뿔, 검은 다리와 눈동자가 다분히 염소적일 것이며, 당신의 생각 또한 염소적일 것이다. 이때에 당신은, 인간의 시절과는 다른 감각으로 발밑의 풀을 밟아 볼 수

있다. 부드럽고 따스한 풀의 촉감이 잠시 염소적인 당신의 것이다. 전혀 알지 못했던 풀의 초록과 풀의 고요와 풀의 웃음에 귀를 쫑긋거릴 수도 있다. 그리고 염소적인 그리움과 염소적인 즐거움이 잠시 당신의 가슴에 머물 것이다.

그럼에도 꿈 바깥의 당신은 여전히 침대에 누워, 지상의 모든 곳을 다 떠돌아다녀 본 듯한 권태에 시달리고 있을 수 있을까. 꿈속의 내가 꿈밖의 나와 포개지며 혼종의 존재로 합쳐지는, 신비를 눈치채 버린 후에도?

불충분한 나로부터 태어나는 것들

임승유, 『아이를 낳았지 나 갖고는 부족할까 봐』(문학과지성사, 2015)

시집은 친척 집에 다녀오라는 문장으로 시작된다. 마음이 바빠진다. 슈퍼마켓에서 콩나물이나 두부를 사 오라는 심부름에 시달렸던 어린 시절을 생각한다. 흰 8절지를 펼쳐 놓고 나무와 나무 사이로 어린 새순처럼 돋아난 사람을 그리고 있었겠다. 어쩌면 사칙연산 문제가 빼곡한 학습지 위에다 의미 없는 세모 네모 동그라미를 반복하고 있었을지도 모르겠다. 사람처럼 말을 하는 동물들이 사람보다 용감한 모험을 떠나는 텔레비전 화면을 쳐다보고 있었을까.

무얼 하고 있었건 심부름을 해야 하는 순간마다 나는 늘 몸이 모자랐다. 내가 둘이면 좋겠다. 그럴 수 있다면 하나는 심부름 보내고, 하나는 하던 일을 계속 할 텐데. 어린아이의 엉뚱한 발상만은 아니다. 다 큰 지금도 같은 생각이다. 내가 모자라기는 마찬가지다. 숲을 걷고 싶을 때 숲을 걷고 있을 확률은 거의 없다. 먼 나라의 친구와 조각케이크의 모서리를 번갈아 무너뜨리고 싶을 때에도, 먼 나라의 친구에게 나는 먼 나라다. 구름 속인지 안개 속인지 믿을 수 없어 하며 산꼭대기에 서 있고 싶을 때에도, 나는 충실하게 바닥에 붙어 지낸다. 마음이 그러고 싶을 때 몸이 그럴 수 있는 일은 많지 않다. 먹고 싶을 때 먹고 싶은 것을 먹고, 자고 싶을 때 자고 싶은 만큼 자는 것만을 해내는 생활만으로도, 우리는 충분한 행운이라 여기지 않는가. 종잡을 수 없는 여러 갈래의 마음이 하나의 몸 안에 엉켜 있다.

그래서 나는 내가 모자라다. 둘이라면 만족스러운가. 둘이 가능하다면 셋이라야 좋고, 넷이라면 더 좋다. 기왕 충분해지려면 늘릴 수 있는 만큼 늘어나고 싶다. 무한히 번질 수 있다면 바랄 것이 없겠지. 인간은 자신의 유일함을 감당하느라 유일한 삶으로부터 멀어진다. 나 자신의 유일함 때문에 실패를 용납하지 않는 것이며, 매 순간의 선택에 신중해야 한다는 중압감이 유연함을 빼앗는다. 경직된 인간의 삶은 일률적일 수밖에 없다. 이때 인간의 영혼은 몸 안에 갇힌 수인이다.

그러나 유일한 나를 고집하지 않는다면 유일한 삶을 꿈꿀 수 있다. 눈앞의 현실이 몸을 붙잡을 때에도 마음은 비현실로 도망칠 수 있기 때문이다. 친척집에 다녀오라는 어른의 요청에 집을 나선 여자아이의 마음이 모자 속의 세계로 도망치는 것과 같다. 여자아이가 모자를 쓰고 걸어갈 때 모자 속을 생각할 수 있는 것은 여자아이뿐이다. 타자는 모자를 쓴 여자아이만을 볼 뿐이다. 이렇게 말해 볼 수도 있을 것이다. 내가 있는 곳에서 내가 없는 곳을 골몰할 수 있는 것은 나뿐이다. 타자는 눈앞의 나를 볼 뿐이다. 나는 모자 속의 세계, 타자의 개입이 없는 다차원의 세계에서, 뿔뿔이 흩어진 복수의 '나'들과 동시에 존재할 수 있다. 그것은 나와 모자만이 안다.

> 모든 육체적 정신적 감각 대신…… 이 모든 감각의 단순한 소외, 즉 소유라는 감각이 나타났다.
>
> ―칼 마르크스, 「사유재산과 공산주의」 중에서

발목은 허공에게

어떤 밤들은 쿵쾅거리고 어떤 밤들은 이어달리기를 할
것이다 달려가는 우주에게 누군가는 자주 어지럽겠지만 한때
나의 소유물이었던 발목에게 가장 어울리는 처분이라 사료됨

동그란 무릎은 계단에게 옥상에게 옥상의 물탱크에게
차올라 있는 느낌으로 오랫동안 고독

귀는 빗방울에게 둥글게 만지는 날씨에게
뽑아서 던진 눈동자는 까마귀에게 캄캄한 밤하늘로 날아가
우주가 짓고 있는 마지막 표정인 날씨에게

구릉, 키가 큰 구름, 눈썹, 무덤, 연필, 식탁보, 그리고

가장 멀리 있던 코는 종려나무에게
이제 와 고백하자면 나는 자주 규슈의 길가에 서 있었다
17번가 모퉁이 카페 시계는 주로 오후 세 시에 멈춰 있다

발바닥은 길바닥에게 던져 주고
내가 살아서 유일하게 한 질투는 떠나는 자들을 향해 있었지
그런 기분으로 허공에 손바닥을 올려놓는다

입술은 태양에게
이후로 토마토는 익어간다 입맞춤 속에서

손톱은 피아노에게 이 순간에 어울리는 스마일은 필요하고
창문을 타 넘어가는 나의 육체, 안녕

—「어느 육체파 부인의 유언장」

어떤 시는 하나의 선명한 이미지를 충실히 묘사하고 있지도 않고 명징한 서사성을 드러내지 않음에도 설명이 필요없다. 시인의 감각과 독자의 감각이 온전히 포개졌기 때문일 것이다. 나에게 「어느 육체파 부인의 유언장」은 그런 시였다. 몸이라는 불충분한 물성 안에 갇혀 있는 우리는 '나'가 부족하다. 시의 서두에 덧붙인 마르크스 글귀처럼 내 것을 가지게 되면 내가 아닌 것을 잃는다. 유일한 육체를 소유하게 됨으로써 다른 모든 감각으로부터 소외된다.

그러나 나의 육체를 분절하여 씨앗을 뿌리듯 곳곳에 뿌려 둘 수 있다면 어떨까. 그것은 영원한 삶의 감각이 아닐까. 이러한 공상의 바탕이 보다 많은 나를 추수하기 위한 욕망이기보다는 나를 나누어 주는 사랑의 태도이기에 감동적이다. 시집의 제목은 『아이를 낳았지 나 갖고는 부족할까 봐』이다. 시인은 자신의 부족한 상태를 채우기 위해, 허공을, 밤을, 우주를 차지하려 들지 않는다. 계단과 옥상의 물탱크, 빗방울을 가지려 하지 않는다. 오히려 한때 자신의 소유였던 육체를 그들에게 나누어 주었다.

결과적으로 다수의 일인칭 '나'가 태어나게 되었다, 사랑을 바탕으로 말이다. 아름답다.

툭 떨어진 마음의 말

안미옥, 『온』(창비, 2017)

언어는 마음의 목덜미를 낚아채려고 한다. 마음은 언어의 손아귀를 미끄러진다. 언어는 마음을 붙잡아서 그 위에 널빤지를 덮고 못질을 하려 한다. 그러나 마음은 흐르고 퍼지며 풍기고 넘친다. 마음은 번번이 언어를 빠져나간다. 언어는 번번이 마음을 놓친다. 우리의 입술이 침묵에 잠길 수밖에 없는 이유다. 말을 하며 살아야 한다는 것은 곤혹스러운 일이다. 어떤 말로도 다 붙잡을 수 없는 마음이 나에게 있기 때문이다.

이상하지 않은가. 언제나 마음이 있다는 거 말이다. 마음이 아프다고 말할 때는 물론이고, 마음이 있는 줄도 모르고 허겁지겁 밥을 먹고 깊숙한 혓바닥을 닦을 때에도 나에게 마음이 있다는 거. 더욱 곤란한 것은 나에게만 있는 줄 알았던 마음이 너에게도 있다는 사실이다. 너에게 언제나 마음이 있다. 네가 마음이 쓸쓸하다고 말할 때는 물론이고, 너에게 마음이 있는 줄도 모르고 내가 내 마음을 뾰족하게 세울 때에도 너에게 마음이 있었다. 각자에게 마음이 있다는 사실을 알아차린 이후의 인간은, 분명히 다른 말을 구사하기 시작한다. 침묵의 내부에 좁은 골목들이 자라기 시작한다. 작은 화분에 담긴 커다란 식물처럼 혀가 묶이기 시작한다.

정말 이상하지 않은가. 마음이라는 급소를 거의 대부분의 시간 무방비하게 내버려 둔다는 거. 마음이라는 자신의 급소를 보여 주기 위해 온갖 말들을 끌어와 노력한다는 거. 나는 말을 해야만 할 때 자주 말하지 못하는 사람이다. 이러지도 저러지도 못했다. 울지도 웃지도 못했다. 죽지도 살지도 못했다. 이도저도 아니었다. 네, 라고 하기엔 석연찮고 아니오, 라고 하기엔 용기가 모자랐다. 조금 그런 것도 같고 조금 아닌 것도 같다고 말하자니 생각 없는 사람이 되는 것 같았다. 이렇게나 생각이 많은데. 생각이 많아서 문젠데. 마음을 꽉 붙잡을 수 있는 언어가 없었다. 쭈뼛거렸다. 어물거렸다. 조용하고 말았다. 나는 침묵이 아니었으나 그만 침묵처럼 보였을 것이다. 내 마음에 네 마음이 와서 부딪혔다. 어느 쪽의 마음이 산산조각 난 것 같았다. 내 마음인지 네 마음인지 알 수 없었다. 다만 연약한 마음이 부서져 있었다. 너의 파편과 나의 파편이 섞인 것도 같았다. 뒤섞인 파편 속에서 한 사람이 우뚝 일어서는 것 같았다. 마음이라는 이름을 가진 타자인 것 같았다. 마음은 말을 시작했다. 내가 마음을 빌어 말하는 것이 아니라, 나에게서 떨어져 나온 마음이 온전히 자신의 말을 시작하는 것이다.

편하게 쓰는 법과 편하게 사는 법을 몰랐다고 고백하는 시인은 편하게 말하는 것도 모르는 사람일 것만 같다. 외부의 압력에 이러지도 저러지도 못하고 침묵의 내부에서 한없이 팽창하고 있는 마음. 팽창하다가 몸 바깥으로 탁 뱉어진 마음. 안미옥의 시는 마음의 말로 빚어진 시다. 시인의 마음이 저 혼자서 중얼거리는 것에 불과하다면 이건 일기가 아닌가 싶겠지만 시인의 마음은 저 혼자 중얼거리는 상태가 아니다. 오른쪽으로 한없이 당기는 세계와 왼쪽으로 한없이 달아나는 나 사이에서 심장을 박박 찢고 툭 튀어나온 마음이다.

러므로 안미옥의 시에서 마음의 말보다 더 중요한 것은 말과 말 사이인 것 같다. 좁은 골목이 복잡하게 뻗어 있는 침묵의 장소 말이다. 마음이 하고 싶은 말은 행간에 있다. 이 시집이 마음의 말을 붙잡는 방식이다. 언어로 붙잡는 것이 아니라 언어와 언어 사이의 침묵 속에 붙잡아 두는 것이다.

그렇다면 마음은 다시 흐르고 퍼지며 풍기고 넘치겠지.
한없이 풍요롭게.

어항 속 물고기에게도 숨을 곳이 필요하다
우리에겐 낡은 소파가 필요하다
길고 긴 골목 끝에 사람들이 앉아 있었다
작고 빛나는 흰 돌을 잃어버린 것 같았다
나는 지나가려고 했다
자신이 하는 말이 어떤 말인지도 모르는 사람이
진짜 같은 얼굴을 하고 있었다
반복이 우리를 자라게 할 수 있을까
진심을 들킬까봐 겁을 내면서
겁을 내는 것이 진심일까 걱정하면서
구름은 구부러지고 나무는 흘러간다
구하지 않아서 받지 못하는 것이라고
나는 구할 수도 없고 원할 수도 없었다
맨손이면 부드러워질 수 있을까
나는 더 어두워졌다
어리석은 촛대와 어리석은 고독
너와 동일한 마음을 갖게 해달라고 오래 기도했지만
나는 영영 나의 마음일 수밖에 없겠지

찌르는 것

휘어감기는 것

자기 뼈를 깎는 사람의 얼굴이 밝아 보였다

나는 지나가지 못했다

무릎이 깨지더라도 다시 넘어지는 무릎

진짜 마음을 갖게 될 때까지

—「한 사람이 있는 정오」

매일과
영원

꼭대기의 수줍음
유계영 에세이

1판 1쇄 찍음 2021년 9월 13일
1판 1쇄 펴냄 2021년 9월 27일

지은이 유계영
발행인 박근섭·박상준
펴낸곳 (주)민음사

출판등록 1966. 5. 19. 제16-490호
주소 서울시 강남구 도산대로1길 62(신사동)
강남출판문화센터 5층(06027)
대표전화 02-515-2000 | 팩시밀리 02-515-2007
홈페이지 www.minumsa.com

ISBN 978-89-374-1945-4 (04810)
ISBN 978-89-374-1940-9 (세트)

* 잘못 만들어진 책은 구입처에서 교환해 드립니다.